融进三千里江山的英魂

中华文化发展促进会

华艺出版社

HUA YI PUBLISHING HOUSE

中国国际友好联络会
中朝友好人士访问团成员合影

访问团成员在烈士墓前敬礼

中朝老战士相聚

访问团成员和《阿里郎》部分演员合影

目录

雄赳赳，气昂昂，跨过鸭绿江，
保和平，卫祖国，就是保家乡。
中国好儿女，齐心团结紧，
抗美援朝，打败美国野心狼……

永远不倒的英魂

——中国国际友好联络会中朝友好人士访问团
赴朝鲜祭拜战友纪实

申进科　杨振

对于志愿军 47 军 141 师战士、战斗英雄李代相来说，60 年仿佛弹指一瞬间。

"60 年前，我和你们一起来到朝鲜参加抗美援朝，而你们却没有能回到祖国和亲人团聚，都长眠在这朝鲜的三千里江山……"李代相趴在老战友的坟头，再也抑制不住自己的情感。

在纪念抗美援朝出国作战 60 周年的日子里，李代相作为中国国际友好联络会中朝友好人士访问团的一员，赴朝鲜祭拜战友。"当年，18 万志愿军战士牺牲在这片土地上，其中有 15 万烈士长眠在这绿意盎然的山水之间。"在飞赴平壤的飞机上，志愿军老战士后代、访问团团长辛旗，和李代相一路交流着。

闭上眼睛静思，李代相仿佛又回到了 60 年前。那满山吹响的冲锋号，鼓舞着志愿军战士一往无前，令敌人胆寒，吹响号角的，是永远不倒的英魂。

老战士们一遍遍地合唱那首《志愿军战歌》，60 年前的岁月历历在目……

"雄赳赳，气昂昂，跨过鸭绿江，保和平，卫祖国，就是保家乡。中国好儿女，齐心团结紧，抗美援朝，打败美国野心狼……"原志愿军铁道兵 5 师政治部秘书赵惠萍一到平壤，就和老战士们在车内唱起了这首在耳边萦绕 60 年的《志愿军战歌》。

据辛旗介绍，访问团是 1958 年志愿军从朝鲜撤出后，首个赴朝各地大范围祭扫志愿军烈士墓的群体。对这些年事已高的老人来说，能够回来再看一看牺牲的战友，是他们此生最大的心愿。

走在平壤宽阔整洁的道路上，老战士们思绪万千。60 年前，敌军在平壤投下 42.8 万颗炸弹，就连西方舆论都普遍认为平壤 100 年也难以从废墟上恢复。而眼前气势宏伟的凯旋门、热闹的人群、穿梭有序的车辆……一切的一切无不让人感到这座浴火重生的名城充满和平气息。李代相感慨道："现在的平壤是青山绿水，和 60 年前相比有三个看不见了：炸弹坑看不见了、废墟看不见了、茅草屋看不见了！"

看到正在广场上活动的平壤市民和朝鲜人民军士兵，老战士们倍感亲切，心头顿时腾起一股浓浓的真情。赵惠萍忍不住走上前与人民军小战士合影留念。

"他们的父辈可能就是和自己并肩作战的人民军战友，也可能就是冒着炮火给自己送饭的朝鲜阿玛尼、阿巴基。"挥手告别之后，赵惠萍喃喃道："尽管已是白发苍苍，但和他们在一起还有当初那种亲切感，他们一定听父辈讲述过中朝军队并肩战斗的事情。"

这天，访问团来到位于朝鲜平安南道桧仓郡的一座废弃金矿洞。在每个志愿军老战士心目中，这都是一个神秘的地方——志愿军司令部所在地。志愿军司令部迁至桧仓后，指挥志愿军先后粉碎了敌人的夏秋季攻势、绞杀战、细菌战，发动全线性反击作战、夏季反击战等重要战役，并最终实现了朝鲜停战。

走过长长的坑道，老战士们第一次踏入决胜千里的志愿军总部机关。在一面陈旧的桌子前面，解说员动情地介绍道："每当来志愿军司令部时，金日成主席就跟志愿军司令员、参谋长在这张桌子上开会、吃饭。"

坑道指挥所洞口，是当年彭德怀司令员和金日成主席第一次见面的地方。今天，历史不可复现，但老战士眼前郁郁葱葱的友谊峰依然巍峨耸立。

访问团冒雨前往开城时，车子路过象征南北统一的三大宪章雕塑，原志愿军开城和谈代表团英文翻译孙振皋拿出《板门店谈判纪念画册》，自豪地说："这画册里头有我的名字！看，这就是我。"说完，孙振皋还掏出到开城中立区谈判的证件以及担任翻译的证件给大家看。

车窗正前方的板门店大门在风雨中模糊而又冷峻。在板门店谈判旧址，朝鲜人民军大尉解说员介绍道："众所周知，过去朝鲜战争期间，中国人民派了自己的优秀儿女到朝鲜战线支援朝鲜人民的斗争。"

"后来军事分界线实际上是我们打出来的。我们粉碎敌人的夏秋季攻势后，又发动了金城战役，也就是上甘岭战役。"老战士孙振皋陷入痛苦的回忆。

在这场被联合国军司令克拉克称为"残忍的、挽回面子的恶性赌博"中，敌军在43天的时间里向志愿军坚守的只有3.7平方公里的五圣山上甘岭阵地，倾泻炮弹190余万发，炸弹5000余枚，把山头的岩石都炸低了两米。他激动地说："我们为了朝鲜的每一寸土地付出了沉痛的代价。"

"22点到了，全线都停战了。我们都激动地喊着'胜利了，和平了，和平来之不易，和平是打出来的！'"原志愿军3兵团作战科长栾克超回忆起当年停战时的情景依然激动不已。

"向坚守上甘岭阵地的英雄烈士们敬礼！"风雨中，老战士们齐刷刷地举起右手，面向曾被炮弹炸成碎石山，如今已满山葱翠的

志愿军总部所在地

上甘岭，敬了一个庄严的军礼。

在朝鲜的每一座山，每一棵树，每一条河流，都浸透着志愿军无私的鲜血……

在平壤大城山，坐落着一个塔碑式建筑——友谊塔，这是志愿军和朝鲜人民军用鲜血凝成的战斗友谊的象征。塔内存放着 10 本志愿军烈士名册，收录 22700 名志愿军烈士的名字，其中团级以上领导 180 名、特等功勋一等功勋 128 名。

"黄继光！""邱少云！""杨根思！""毛岸英！""罗盛教！"

打开宝函，翻开名录，满眼英烈。老战士们热切地寻找着、呼喊着那些令人难以释怀的战友。

"刘兴文！苗族的。就是他！"原志愿军后勤部汽车团连长王仁山找到战友刘兴文的名字后兴奋不已，"当年我们同在一个回国观礼代表团。1951 年，二次赴朝后两三个月，他就牺牲了……"

60 年前，290 余万志愿军响应祖国的召唤，奔赴抗美援朝、保家卫国的战场，用血肉之躯共同谱写了一首雄壮的战歌。想起这些，老战士栾克超遗憾地说道："这是有名单的，能够找到的，有史料的。还有好多长眠在朝鲜大地上的战友，连名字都找不到啊！"

访问团到清川江大桥参观时，当年保卫大桥的老兵在这里竟然重逢了几位曾见证这段历史的朝鲜老人。回首往事，老人们激动不已。

"1951 年是最残酷的时候，随时随地都可能来空袭，有时刚修好一个桥墩，第二天就会被炸掉。"作为其中的一员，原志愿军铁

上甘岭

道兵 9 师 27 团政治处科长黄子奇自豪地说，"那些具有钢铁般意志的志愿军铁道兵战士，在美机昼夜不停的轰炸中创造了'打不烂、炸不断的钢铁运输线'，创造了人类铁路史上和战争史上一大奇迹。"

"当时为了保卫这座大桥，很多志愿军都牺牲了，江水都被鲜血染红了。他们拼死保卫大桥的情形，至今仍然难以忘记。"志愿军铁道兵烈士陵园管理员介绍说，在他们中间有一位叫杨连弟的英雄连长，解放战争时期就被称作登高英雄，曾在 1951 年 10 月作为英模代表回国做报告。在他的家乡天津巡回报告时，为了不耽误任务，他没有告诉家人。在现场听报告的邻居们急忙把杨连弟回国的消息告诉了杨连弟的家人，6 岁的儿子杨长林就跑到了现场，跑到台下喊爸爸。正在作报告的父亲只向儿子淡淡一笑，挥了挥手，这就是他留给儿子的最后印象。

长津湖是朝鲜北部最大的湖泊，自然条件恶劣，地形险恶，冬天尤其寒冷。当年由于战情紧急，从气候温和的华东调来的部队还没来得及换上冬装，就开进了零下40度的长津湖战场，历时28昼夜，歼敌13900余人。志愿军第20军58师172团3连连长杨根思，在长津湖之战下碣隅里战斗中，打光子弹后，抱起炸药包冲入敌群与敌同归于尽。

长津湖烈士陵园管理员李成勋钦佩地告诉远道而来的访问团："杨根思的壮举深深影响了整个志愿军。在后来发起的一次反击战中，志愿军就涌现出38位杨根思式的英雄。"

战友们英勇战斗的事迹萦绕了栾克超大半生。他曾流着热泪写成《抗美援朝纪实》。重回当年的战场，他再次想起书中所写到的

大津湖志愿军烈士陵园

英雄，"说实在话，我在写他们的事迹的时候，是一面哭一面写，一面写一面哭，有时甚至写不下去。"

上甘岭战役中舍身堵枪眼的黄继光，被中朝两国铭记传承，影响着一代代新人。访问团在位于江原道高城郡的黄继光中学了解到，学校不但建有黄继光事迹陈列室，还在每年10月25日组织学生到上甘岭前线瞻仰烈士遗迹，鼓励毕业生到上甘岭参军。"我大学毕业以后又回来学校当教师，给学生们讲一下黄继光英雄的革命精神。"黄继光中学一名学生对老战士们说。

对于黄继光中学学生的理想，志愿军老战士孙振皋感同身受，他当年从中山大学英语系弃笔从戎，和五位同学一起跑到丹东加入了志愿军。对于当初的选择，他说同样是受到英雄烈士的感召和影响。

李代相出国前，曾受战友委托，要找一找老连长张永富的生前照片。他认真地看每一幅照片，终于找到了那张印在心头50多年的面容，一时竟激动得连话音都略显颤抖："连长，我今天来看你了，代表咱们全连的老同志来看你们来了……"

英雄谱前，8名志愿军老战士与两位人民军老战士合影留念。当年英雄战死沙场，活下来的老兵也已白发苍苍，岁月虽悄然流逝，英雄却定格为永恒。

正如朝鲜人民领袖金日成当年所说，在朝鲜的每一座山，每一棵树，每一条河流，都浸透着志愿军无私的鲜血，布满着志愿军英勇斗争的业绩。中国人民志愿军在朝鲜所建立的丰功伟绩，将同朝鲜美丽的山河一样万古长青。

葬在异国他乡的 15 万忠魂烈骨，日复一日，年复一年，无声无息地继续守护着和平……

7 天时间里，访问团行程 2000 多公里，先后赴桧仓、金化、昌道、安州、开城等地烈士陵园，凭吊了近 5 万名志愿军烈士，缅怀烈士们的丰功伟绩。每到一处，老战士们都深刻感受到中朝两国人民之间的深厚友情。

位于朝鲜平安南道桧仓郡的中国人民志愿军烈士陵园内，有按照中华民族传统风格修建的纪念亭、牌楼等，大门上由郭沫若题写的"浩气长存"4 个大字苍劲有力，240 级山道台阶象征着先后参战的 290 余万志愿军。

这天，访问团一行拾阶而上，来到志愿军烈士陵墓区。映入他们眼帘的，是包括毛岸英在内的 134 个志愿军烈士的墓。在 134 棵青松的荫蔽下，烈士们长眠安息。

"向志愿军烈士默哀！"访问团全体列队向烈士们致以深深的哀思。访问团团长辛旗上前整理挽联，燃香，斟酒，点烟，鞠躬，然后高声宣读告慰文："中国人民志愿军烈士们，60 年过去了，虽然你们的忠骨客葬他乡，但祖国和人民从来没有忘记过你们……今天我们来看你们来了，谨献上一束鲜花，几杯薄酒，寄托我们深切的哀思。"

老战士黄子奇致感言时痛哭道："今天我们来了，我们代表祖国人民来了，代表全体志愿军的老战友们来了，代表你们的亲人来了，来祭奠你们、看望你们……"

两人饱含深情的发言，催人泪下，深深感染了在场的每一位朝鲜同志。一群来陵园打扫卫生的朝鲜学生不禁放慢脚步，一位桧仓中学的女教师告诉老战士代表团，朝鲜人民对志愿军烈士有着深厚的感情，为了缅怀他们，每年学生都会来打扫陵园。

志愿军战士罗盛教勇救落水儿童的故事在朝鲜家喻户晓。以罗盛教烈士命名的农场房舍井然美观，罗盛教就长眠在农场一块高地上。

"罗盛教不仅是中国人民的儿子，也是朝鲜人民的儿子、亲兄弟。每年节日、换季的时候，我们都要为他祭扫。"郡管理经营科长告诉大家，被罗盛教救出的儿童崔莹去世后，他的家人搬到百里之外居住。但每逢罗盛教的祭日，崔莹的妻子都会带着家人回来拜祭恩人。

访问团里有一位63岁的老太太名叫杨春果，她是"朝鲜民主主义人民共和国英雄"荣誉称号获得者、一级战斗英雄杨春增的妹妹。上甘岭战役中，杨春增在巩固阵地作战的紧要关头，奋勇冲入敌群拉响手雷，与30多名敌人同归于尽。可整整60年，杨家从来不知道杨春增烈士的遗体埋葬在哪里。最终，烈士的母亲抱憾去世。

经过朝方不懈努力，杨春果终于在朝韩军事分界线附近的上甘岭志愿军烈士陵园找到了哥哥的坟墓，了却了家人的愿望。

跪在哥哥的坟前，杨春果小心地用双手捧起从祖国带来的泥土，轻轻地洒在坟头："哥，你闻闻咱家乡的泥土香味。"接着，她又蹒跚地走到旁边烈士的坟前，把剩下的泥土逐一洒在烈士们的坟头，告慰烈士："这是咱祖国的泥土！沾些祖国的泥土，也就等于你们回家了。"

位于松岳山下的开城志愿军烈士陵园，安葬着2万余名志愿军烈士。年迈的老战士互相搀扶着走进陵园。

当年，志愿军47军139师负责开城停战谈判检查任务，志愿军军事警察排长姚庆祥烈士就是在执行和平任务时，被敌人杀害的。47军老战士李代相、孙振皋找到姚庆祥烈士墓后，抚坟痛哭。他们把孩子叫到身后，一起向姚庆祥烈士祭酒、鞠躬、敬礼。

老战士栾克超哭道："亲爱的战友，我们想念你们啊。你们没有孩子，我们的儿子就是你们的儿子，我们的女儿就是你们的女儿。"

"一条大河波浪宽，风吹稻花香两岸，我家就在岸上住……"不知谁的低声吟唱，拨动了老战士代表团每个人最柔弱的那根心弦，大家情不自禁地大声唱起来。《我的祖国》的旋律在陵园飘荡起来。黄昏中，烈士墓上无数的嫩草正随着山风、伴着歌声起舞，就好似当年疾步开进的志愿军战士。

开城市人民委员会对外工作组组长尹顺勇感慨地说："跟我并肩作战的战友们安息在此，对这里，我有特别的感情。烈士陵园就是朝中友谊的象征。"

离开朝鲜回国前，朝鲜最高人民会议常任委员会副委员长杨亨燮亲切接见了中国国际友好联络会中朝友好人士访问团。杨亨燮饱含深情地说："朝中两国人民的友谊是用鲜血凝成的。朝鲜人民将一代接一代管理好志愿军烈士墓，把老一辈领导人缔造和培育的朝中友谊继续推向前进。"

老战士们有理由感到欣慰。240万志愿军将士前赴后继，无怨无悔，用伟大的牺牲获得了精神的不朽，照亮了我们民族的前程，也照亮了我们历史的天空。

重访故地忆当年

——随友联会访问朝鲜有感

谭中芝

2010 年 8 月 4 日 15 时 30 分，CA121 次班机平稳地降落在朝鲜平壤机场，当我看见那熟悉的朝鲜文字，踏上那块熟悉的异国土地的时候，我的心情一下子激动起来，泪水几乎夺眶而出。本来以为早被岁月抹去的记忆，刹那间全部鲜活起来，对那些牺牲战友的怀念，对那场战争的仇恨，对取得战争胜利的喜悦和对已故老伴李启明同志的思念，竟一直深深烙在我的心底。这次重访朝鲜，一座座高耸的墓碑，一个个耳熟能详的名字，就像一把把钥匙，打开了我的回忆之门，思绪不自觉地又回到那炮火隆隆的战场……

剿匪功成赴朝鲜

我是湖南省慈利县人，出生于 1934 年，新中国成立时，就读于慈利第一中学。1951 年 1 月，年仅 17 岁的我为躲避家里逼我订婚，带着一本老师送我的《钢铁是怎样炼成的》，偷偷地参了军，希望自己能像书中的主人公保尔·柯察金一样，为党、国家和人民做些贡献。部队首长将我安排到 47 军 141 师 423 团宣传队当宣传员，跟随部队参加战斗。当时部队已经取得湘西剿匪战役的全面胜利，共剿匪 10 余万人，立了大功，著名的《乌龙山剿匪记》，就是根据我们 47 军剿匪故事改编的。1951 年 2 月底，部队接受任务，奔赴朝鲜参加抗美援朝战争，组织上看我年纪小，让我留守国内的 47 军基地，我死活不同意，坚决要跟随部队上前线。就这样，我来到了朝鲜，投入到轰轰烈烈的抗美援朝战争中。

在医院工作的日子

入朝后不久，我被调到志愿军 141 师医院工作，每天面对着大量的伤员，他们有的没有了胳膊，有的没有了腿，更有些重伤员胸口都炸开了，可是他们没有人喊痛，没有人流泪，他们所关心的就是自己什么时候能好起来再上战场杀敌人。一个绰号叫小虎子的小战士被炸断了左手，他几次提出要求去前线，说自己的右手还能打枪、投弹，照样能打击美国侵略者！

我们时常被这些无畏的勇士感动着，他们的英雄事迹像一粒火种，点燃了我们保家卫国的理想和激情。

当时美军的飞机在天上到处飞，肆无忌惮地轰炸，后勤物质运不上来，医疗、饮食条件很差，消炎药、止痛药、麻醉药和粮食奇缺，很多战士伤口感染发炎，疼痛难忍。伤员们都咬着床单忍着不让自己哼出声来。有一个重伤员牺牲的时候，床单都无法从嘴里拿出来，就一起裹着床单埋葬了。为了减轻伤病员的痛苦，让他们用点好药、吃好点，医院领导经常向兄弟部队协调物质。有一次从驻扎在 20 公里外的兄弟部队协调了一箱抗生素和几袋高粱米，派了一个原来跟我一起在 423 团宣传队工作的宣传员官坤元同志坐着大卡车去拿，返回途中遭遇敌人喷气式飞机的轰炸，连人带车翻下了山沟，她和司机全部牺牲。当我们找到他们遗体的时候，她怀里还紧紧抱着药箱……那一次我哭了很久，脑海里充满了对战友牺牲的悲痛和对美帝国主义的仇恨！同时我又深深地感到骄傲，我们有这样的同志，有这样不怕流血牺牲的好儿女，还有什么样的敌人打不垮呢？

防空洞里的婚礼

因工作需要，我调到 141 师教导大队当卫生员，担任伤病员的护理和治疗。当时教导大队的政委是李启明同志，他经常下队来看望同志们，鼓励他们要坚强，要好好养伤，养好伤痛再打美国鬼子。因为我读过中学，当时在教导大队属于有文化的人，经常兼顾一些宣传工作，与李启明同志接触比较多，彼此产生了好感。但是做起思想政治工作口若悬河的他见到我就紧张，给我写的第一封信竟然是"谭中芝同志的几个优点"。后来李启明同志调到师政治部秘书科当科长，才委托教导大队的队长捅破了窗户纸，确定了恋爱关系。1952 年 7 月 13 日，在换防休整即将结束的时候，我们在朝鲜石田里举行了婚礼。当时我们教导大队离师政治部比较远，隔着两座大山，没有车，更别说花轿了，大队长周岩峰同志和我各骑了一匹军马，赶了半天的路，才赶到政治部。婚礼很简单也很隆重，科领导都参加了，两床军被放在防空洞里就算婚房。当时同志们还编了几句顺口溜："七月十三这一天，防空洞里结姻缘。男的是一见钟情的李科长，女方姑娘本姓谭……"

刚举行完婚礼，启明同志就去参加了一个作战会议，我一个人坐在"防空洞婚房"里等他。当时防空洞没有门，只有几片破麻袋遮着，外面就是厚厚的积雪。我一个人坐在床边，听着外面敌机的轰炸声，机枪声在怒吼的寒风中回荡，很是担心，一直等到他第二天凌晨1点半回来才安心睡去。第二天天未亮，我们就各自回到了单位，准备即将到来的战斗。现在想来，这场婚礼很简陋、很仓促，但是对于我来说，却是我最幸福、最难忘的时刻。如今近60年过去了，原来的防空洞变成了高楼大厦，我爱人也去世了。我这次去朝鲜特意带了他的遗像和我们两个的抗美援朝纪念章，就是想让他陪我再走一遍这曾经战斗和生活过的地方，再看一眼我们曾经幸福的新房，以寄托我无尽的思念。

罗盛教烈士背后的故事

20世纪50年代，国际共产主义战士罗盛教曾经激励和教育了很多人。1953年我调到141师政治部担任文书的时候，作为秘书科科长的爱人给我讲了罗盛教英雄事迹背后的故事。

1952年1月，我师侦察队文书罗盛教同志因抢救落水儿童崔莹而牺牲，当时因战斗激烈，事情很多，此事没有引起重视，仅以淹亡事故减员通报全师。当时141师师长叶建民（后任广州军区副司令员）在团里蹲点指导工作返回师部时，发现一群朝鲜百姓围在师部门口，表情十分激动和悲痛，一了解，原来是朝鲜百姓自愿来师里为罗盛教请功，说罗盛教为救朝鲜儿童而牺牲，是英雄。更有一位朝鲜老大娘哭着表示愿意献出自己的墓地，来让他们按照朝鲜风俗隆重安葬罗盛教的遗体。

叶师长立即指示我爱人和宣传科科长，认真调查事情真相，不能只听侦察队的一面之词。经过深入的调查，他们弄清了罗盛教勇救落水儿童崔莹而牺牲的事实真相，在师里引起巨大反响，开展了轰轰烈烈的向罗盛教学习活动。材料上报以后，引起47军、19兵

罗盛教烈士雕像

团和志愿军总部的高度重视，1952 年 2 月，罗盛教被追记特等功，授予"一级爱民模范"。4 月，团中央追认他为"模范青年团员"，国内各行各业掀起了向罗盛教同志学习的热潮。6 月 25 日，朝鲜民主主义人民共和国最高人民会议常务委员会追授他一级国旗勋章和一级战士荣誉勋章。

争水中的默契

在朝鲜参观抗美援朝纪念馆时，一幅志愿军战士在坑道里用口缸接水的照片，让我想起了我们师 421 团侦察连与敌人争水的故事。当时我们侦察连的阵地跟美军的阵地之间隔着一条小溪，美军白天晚上都用机枪封锁水源。那时候美军后勤保障比我们好，他们有汽车运水，不用下到河沟里取水。但是我们没有这个条件，只能冒着生命危险下去取水，牺牲了很多同志。后来土耳其人跟美军换防了，土耳其人也没有汽车运水，他们跟我们一样也要靠挑小溪里的水生活。一开始敌我双方都架着机枪对着水源，发现取水互相射击，后来慢慢彼此形成了默契，我们去取水，只要土耳其人不开枪，等土耳其士兵去取水，我们这边也不开枪。慢慢地，志愿军战士专门等着土耳其人去挑水的时候就下去，见面了就递烟给他们抽，送一些烟糖之类的礼品，附带一些宣传品，主要是揭露美帝国主义的阴谋，呼吁停止战争等内容，土耳其人也回赠一些礼品，表示不愿为美国人卖命，更不想与志愿军打仗。两军就这样无可奈何地在炮火声中形成了一种和平的默契，也从侧面表明了美帝国主义发动朝鲜战争的不得人心。

老秃山战斗

作为一名参加过抗美援朝的老战士，我最喜欢看的电影就是《英雄儿女》，它里面的故事常常让我想起在朝鲜一起生活和战斗过的战友。《英雄儿女》中有这样一个镜头：在参加最后反击时，战士小刘为让部队通过障碍，毫不犹豫地趴在铁丝网上，用身体为战友铺设了冲锋通道。这不是虚构，小刘的原型就是我们423团在攻打

电影《英雄儿女》海报

老秃山战斗中牺牲的战士腾明国。

老秃山位于朝鲜驿谷川南，是通往汉城的要塞。山上驻扎的是美军第 7 师和其他国家的一些部队，工事很坚固，火力强大。1953 年 3 月上级命令我们师攻打老秃山。23 日，我们 423 团进攻开始，由爆破队负责炸开铁丝网，为后续部队冲锋开路。腾明国当时是爆破队 3 连 11 班的班长，他们连续爆破了六道铁丝网，炸第七道时，炸药包和爆破筒用完了，手榴弹根本炸不开。这时，冲锋号响了，为了不影响大部队冲锋，腾明国带头跃身趴在铁丝网上高喊："从我身上冲！"爆破队其他队员也扑向铁丝网，大部队含着热泪，踩着他们的身体冲上山顶。战斗胜利了，但包括腾明国在内的 11 班全体战士壮烈牺牲。这些年来，《英雄儿女》我看了很多遍，每看一次都会在不知不觉中想起那些牺牲在朝鲜战场上的战友，总忍不住怀念的泪水，这种感情，对于没有参加过战争的人，是无法理解的。

这次，我们随友联会中朝友好人士代表团访问朝鲜，了却了我 57 年的心愿。我们踏访了当年战斗的足迹，见到了当年朝鲜人民军的老战友，祭奠了牺牲在异国他乡的志愿军烈士们。

我们每到一处烈士陵园，心灵都在颤抖，热泪似水磅礴。我们向烈士们深深鞠躬，呼喊着，亲爱的战友，我们来看望你们了，几十年了，你们有没有想家？而他们似乎也听到了我们的呼喊，刚刚还晴朗的天空竟突然飘起了细雨，融合着我们的泪水，默默地流淌。

我们每到一处当年战斗的地方，乡亲们依然热情如故，孩子们更加礼数周详。我们的车辆经过一些村庄和城市，乡亲们为我们的到来而赶修公路，系着红领巾的儿童自发地向我们敬礼，车队走远了，还能看见孩子们不停地挥着小手。

　　朝鲜，这个我们曾经为之战斗过的美丽国度，早已成为我们的第二故乡，是我们志愿军老兵永远魂牵梦萦的地方。

增进友谊　缅怀先烈　了解朝鲜
——中朝友好人士代表团访问朝鲜纪实

孙振皋

　　值此抗美援朝出国作战六十周年之际，中国国际友好联络会组织前中国人民志愿军八名老战士和一名烈士家属，并携带他们的九名子女，组成中朝友好人士代表团，从 2010 年 8 月 4 日至 11 日到朝鲜访问。代表团到了平壤、元山和开城三个城市，除瞻仰金日成

主席的遗容和故居,参观朝鲜解放战争胜利纪念馆和朝中友谊塔外,主要是祭扫五处志愿军烈士陵墓,祭奠了数万名烈士英灵。在访问中,代表团还观看了朝鲜大型团体操《阿里郎》和少年宫的演出,游览了开城板门店和平谈判旧址和金刚山风景区。这次访问达到了预定的"增进友谊,缅怀先烈、了解朝鲜"的目的。

这次中朝友好人士代表团访问朝鲜受到朝方的高度重视和盛情款待。朝鲜最高人民委员会常任副委员长杨亨燮在平壤议事堂接见了代表团的主要成员。朝鲜对外文化委员会和朝中友好协会副委员长田英进到机场迎送,并设宴欢迎。朝方派了五名工作人员全程陪同访问。代表团每到一地又有当地人民委员会出面宴请和接待。朝方给予代表团很高的礼遇。

参观锦绣山纪念宫和万景台　瞻仰金日成主席遗容和故居

代表团到达朝鲜后的首项重要活动,是去平壤锦绣山纪念宫,瞻仰朝鲜人民伟大领袖金日成主席的遗容。

锦绣山纪念宫位于平壤的东北郊,它原是金日成主席生前办公和生活的地方,原名锦绣山议事堂。他逝世后,朝鲜政府把它建为纪念宫,并将金日成主席的遗体和生前用过的遗物陈列其中,以供后人瞻仰。

锦绣宫是一座长方形的从中间凸起的多层巨型建筑,气势宏伟,规模很大。我们到达停车场后,被引导先进入锦绣宫广场的地下大厅,然后进入"安全检查室"接受检查。接着,我们再进入总长一千多米的自动平行电梯甬道。电梯行驶缓慢，可看到窗外远处葱绿的人工森林和葡萄园。走出平行电梯，我们就来到锦绣宫主楼的遗物馆。这时，我们就听见低沉的既神圣又庄严的《金日成将军之歌》。伴随着音乐，我们参观了金日成主席的遗物，其中包括金日成主席同许多社会主义国家领导人在一起的照片，各国对金日成同志授予的勋章、奖章和赠送的礼品。我们还看到用电光显示的金日成主席生前访问过的国家及其路线图，以及在国内巡视的线路图等。这些遗物表现了金日成主席对朝鲜人民所做的伟大贡献。参观过遗物馆，我们就进入中间停放着水晶灵柩的内宫。这时，听见内宫里响起《领袖永远和我们在一起》的旋律。内宫四周肃穆地站立着仪仗兵。在水晶灵柩内幽暗的灯光下，我们看见金日成主席安详地仰卧在里面。这时，在我们的心中就肃然地增添了对金主席的敬仰之情。

在参观锦绣宫以后，我们在当日下午又参观了位于万景台的金日成同志的故居。这里是金日成同志诞生并度过其童年的旧居。这一旧居是两座低矮的普通茅草房，中间有一个小小的狭长院落。北面的茅草房是厨房、卧室和起居室，摆放着厨房器皿、陈旧的衣柜、木箱和桌子等家具，南面的茅草房放置着犁耙、锄头等农事耕作工具。这一旧居展现了金日成同志幼年时代的困苦生活。据朝方导游介绍，金日成家庭的成员有几代人都是同外国侵略者作英勇斗争的爱国者和革命志士，把生命奉献给朝鲜的光复运动和解放事业。金日成的家庭是朝鲜模范的革命家庭，他家的革命传统可谓代代相传。

除参观锦绣宫和万景台以外，在访问朝鲜的过程中，我们在沿途还看到，在金日成同志逝世后，朝鲜境内的各道、郡、里政府所在地都修建了纪念金日成同志的"永生塔"，这些塔用水泥塑造，塔高从10米到60米不等。每座塔的正面都雕刻着大字标语："伟大领袖金日成同志永远和我们在一起！"我们还看到，在朝鲜许多的建筑物上，都挂着金日成和金正日同志在一起的画像。朝鲜的成年人胸前都佩戴金日成像章。朝鲜人民对其领袖的崇拜是朝鲜民族历史的发展所造成的，也是这一民族的一个特色，我们都抱着十分尊重和充分理解的态度。

凭吊朝鲜大成山革命烈士陵墓
参观朝中友谊塔和朝鲜祖国解放战争胜利纪念馆

代表团到达平壤的第二天，就去凭吊朝鲜大成山革命烈士陵园。这一陵园坐落在离平壤6公里的大成山顶，大门有金日成同志的亲笔题词"革命烈士陵"5个大字。从大门到陵墓要走上400个台阶。这里安葬着160名朝鲜著名的革命烈士，为每一名烈士铸有一尊如真人般大小的半身黄色铜像。它们整齐地分列八排，在阳光照耀下，闪闪发光。每一铜像下面有一座紫红色的花刚石墓碑，上面雕刻着烈士的姓名和死亡日期，还记载着他的个人简历。在这一陵园中，在最显眼的位置上，有金正淑（系金日日同志的母亲，有朝鲜国母之称，1949年去世）、金策（系前线司令官，1951年去世）、吴镇宇（系人民武装部部长，1955年去世）等15名金日成同志最得力的第一代亲信。代表团团长向陵园献了花圈，全体成员向烈士们致以三鞠躬敬礼。

在凭吊大成山烈士陵园以后，我们全团又随即去参观朝中友谊塔。这个友谊塔位于平壤市的牡丹峰，是在中国人民志愿军全部撤离朝鲜以后于1959年10月建成的。塔高30米，由1025块花岗岩和大理石砌成，以纪念10月25日志愿军赴朝作战的日子。友谊塔正面用朝文写着"友谊塔"三个镏金大字，三面刻有反映中国人民志愿军在朝鲜战场英勇战斗以及战后协助朝鲜人民重建家园的壁画。友谊塔内有一个园形的内室，室中放置一块重一吨的大理石基座，里面放着10本共22710名志愿军烈士的名册。友谊塔基座的正面刻有用朝文写的碑文："中国人民志愿军烈士们！你们高举抗美援朝、保家卫国的旗帜，和我们并肩战斗在这块国土上，打败了共同的敌人，你们留下的不朽业绩、朝中人民用鲜血凝成的国际主义友谊，将在这块繁荣昌盛的土地上永放光芒。"代表团在这里向志愿军烈士举行了隆重的祭奠仪式。

5日下午，代表团又去参观朝鲜祖国解放战争胜利纪念馆。这个馆位于平壤普通江畔。这个纪念馆分为16个分馆，展示朝鲜人民在反对美国侵略者的战争中所取得的伟大胜利。由于时间的限制，我们只参观其中的一个馆，即中国人民志愿军分馆。

中国人民志愿军分馆陈列着反映志愿军为抗击美国侵略，保卫和平而英勇战斗的许多图片、雕塑和从侵略者手中缴获的武器等。一进入馆中，就看见志愿军出国前毛主席在北京会见金日成同志的巨幅照片和中国发起抗美援朝、保家卫国全民运动的许多图片。我

罗盛教烈士墓

们看到了志愿军历次重大战役的图表或沙盘模型。还看到了黄继光在战斗中舍身堵敌人枪眼，邱少云在烈火中壮烈牺牲，国际主义战士罗盛教营救落水朝鲜儿童等画像和图片。这里还陈列着金日成主席的亲笔题词："志愿军朋友们，你们流下的鲜血，朝鲜人民永远不会忘记！"在这个分馆的南墙上，还展示了数十名志愿军团级和一级战斗英雄以上的烈士大幅头像照片，照片下面有他们的名字和牺牲的日期。代表团老战士代表李代相竟在墙上发现他故去的连长张永富同志的照片。这名连长曾指挥志愿军47军139师的一个连的官兵，在粉碎敌"秋季攻势"的战斗中，在坚守铁原附近的一个无名高地时，同美军骑兵第1师等部队，血战三天四夜，先后打退敌人的集团冲锋20多次，杀伤敌人千余名，顽强地守住了阵地。全连

青年孙振皋

180多名官兵，生还者仅10余人。战后，这名连长荣立了特等功，并被评为一级战斗英雄。李代相同志也立了一等功。这次，他看到他连长熟悉的脸庞，不禁感慨万千，痛哭流涕。当场，他还向大家讲述了当年这场惨烈激战的经过。

在代表团离开展馆以前，朝方还选派了两名退休的将级人民军军官同我们老战士代表会面。这两名人民军战友身穿军服，佩戴军衔，胸前挂着闪亮的勋章、奖章。他们热情地同我们握手和拥抱，并向我们简要讲述了他们的勋章和奖章的来历。我们的一名老战士也向他们展示了当年在朝鲜立功受奖的证件和照片。彼此叙谈甚欢。

凭吊五处志愿军烈士陵园　祭奠数万名志愿军烈士英灵

祭扫志愿军烈士陵园是代表团访问朝鲜的中心任务。代表先后凭吊了桧仓、安州、昌道、金化和开城5个陵园。每到一个陵园，代表团和当地政府的代表都举行了隆重的祭扫仪式。

8月6日上午，我们首先来到桧仓郡志愿军烈士陵园。这一陵园

朝鲜侩仓郡中国人民志愿军烈士陵园

建在桧仓城中心的一座高150多米的小山上，四周群山起伏，苍松翠柏围绕，风景秀丽，是在朝鲜规模最大、保存最好的一座志愿军烈士陵园。陵园由下而上分三层景观。我们先逐级登上象征240万名在朝参战志愿军将士的240个台阶，到达陵园的第一层。迎面是一座中国古式牌楼，上悬郭沫若同志题写的"浩气长存"四个大字。牌楼后面有一座红柱、绿瓦、油漆翠画的六角亭，亭内竖着一块长方形的大石碑，上面写着"抗美援朝保家卫国烈士永垂不朽"的字样。绕过亭子，拾级而上，进入第二层平台，这里竖立着一座10多米高的志愿军英雄铜像，他手持冲锋枪，身披斗篷，英姿飒爽，威风凛凛。底座正面用朝文刻着："在无产阶级国际主义旗职下用鲜血凝成的朝中人民的友谊万古长青！"其他三面还分别刻着用中、朝文书写的碑文。我们过了铜像，登上台阶，便到了第三层墓地。见到一座座圆形坟冢排列整齐，每一坟冢都竖立一块石碑。这里共有 134 名志愿军烈士长眠于此。最前面正中较大的一座就是毛岸英同志之墓，墓前矗立着他的半身雕象，墓碑上刻着"毛岸英同志之墓"7 个大字，碑的背面刻有他的简历。举行祭扫仪式后，代表团向当地负责照看墓地的桧仓中学代表赠送了礼品。

8 月 6 日下午，代表团来到平安南道安州郡祭扫志愿军铁道部队烈士陵园。这一陵园位于安州市附近的文峰山上。安州原来是志愿军铁道部队的指挥所所在地。在战争期间，为了保证铁路运输的畅通，铁道兵部队指战员同敌机的狂轰滥炸展开了殊死的搏斗，赢得了"钢铁运输线"的崇高称誉，战斗中有大量指战员牺牲。战后，朝鲜政府把散葬在北方各地的志愿军铁道兵烈士集中安葬，修建起这一陵园。陵园占地 2 万多平方米，共有 7 个合葬墓和 12 个单人墓，

志愿军铁道部队烈士陵园

向烈士纪念碑致敬

共安葬1100多名烈士。在这一山丘的陵园上，矗立着一座高12米、宽3米的尖形白塔，塔身两边低中间高，犹如通向天空的一条铁轨，正面用中文书写着"中国人民志愿军铁道兵烈士墓"13个大字。这座墓地虽然四周没有林木，但极目四望，能看到周围辽阔的田野，美丽的农舍，视野十分开阔。可以看出，当地政府对这一墓地是精心保护的。在举行祭扫仪式时，除团长宣读祭文外代表团中有两名志愿军铁道兵老战士代表在纪念塔前发表了动人的感言。在我们祭扫时，有一群戴红领巾的朝鲜小学生也前来和我们一起拜谒。

8月8日上午，代表团去到位于江原道金化郡九峰里的志愿军烈士陵园。这一陵园靠近"三八线"，在五圣山的西侧，离上甘岭只有几公里。墓地有一万多平方米。一个个圆形的坟冢整齐地排列在一起。墓地的正前方中间竖立着一块高约3米的墓碑，正面用朝文刻写着"中国人民志愿军烈士墓"。此外，每个坟冢前面还有一块一米多高的石碑，碑后各刻有几十名烈士的姓名。但由于长期受风雨的侵蚀，姓名的字迹已经模糊不清。这个墓地安葬着几千名烈士，大多都是在上甘岭和金城战役中牺牲的。代表团成员杨春果女士在一个墓碑上找到了她的哥哥杨春增的名字，他是在金城战役中牺牲的一级战斗英雄。她跪倒在她的哥哥墓前，号啕大哭，久久不起。从墓地向东了望，五圣山和上甘岭正在不远处雄伟地屹立在眼前。

8月8日下午，代表团又前往昌道郡城道里，祭扫第四个志愿军墓地。这一墓地的规模和形式和金化郡的墓地类似。也是一个安葬着几千名烈士的合葬群墓，正面中间竖立着一块用朝文刻写的墓碑，上书"中国人民志愿军烈士之墓"，墓地没有树木，但墓上绿草茵茵，环境清洁干净，有新近经过维护和保养的痕迹。

8月10日，代表团最后祭扫了开城的志愿军墓地。这一墓地位于开城市郊的松岳山上，安葬着万名以上的志愿军烈士。这些烈士主要有三部分人：一是志愿军在第三、四、五次战役期间，在部队越过"三八线"后，在南方作战中牺牲的；二是在朝鲜停战前，我

敬礼

方发动金城战役，部队突破敌军防线向敌纵深推进时，在战斗中牺牲的；三是在敌战俘营中死亡的一批志愿军被俘人员。这些烈士的遗体都是在朝鲜停战后在敌我双方交换尸体时，由敌方交回的，数量在万名以上。当时，为了安葬这些遗体，朝鲜政府在开城的松岳山上建立了这一墓地。墓地修建了 10 个大墓穴，每个墓穴安葬了千名以上的遗体。此外，在这一墓地还安葬着一部分在开城地区作战中牺牲的烈士，其中就有第 47 军 139 师侦察排长姚庆祥烈士。他是为保卫开城的和平中立区，被美军谋害的。他有一个单独的墓冢，冢前有一块墓碑，正面刻着"姚庆祥烈士之墓"7 个字，背面刻有他个人的简历和被美军谋杀的经过。陵园仿照桧仓志愿军烈士的样式，在陵园的正面竖立一块纪念碑，上面有郭沫若同志的题词"永垂不朽"四个大字。

参观开城板门店和平谈判旧址

8 月 10 日，代表团参观了在开城板门店的和平谈判旧址。板门店原来是开城郊外的一个非军事中立区。这里原是一片荒野，没有任何建筑。1951 年 10 月，朝鲜停战谈判从开城的来凤庄移到板门店以后，这里临时搭建了一些帐篷，作为双方谈判之用，称之为"谈判帐篷"。朝鲜停战以后，朝鲜北南双方在这个区域协议建立了"联合安全区"，区内建造了 20 多座建筑。北方建筑了"板门阁"、"统一阁"，南方建立起"自由之家"、"和平之家"等大楼，作为双方联络机构的所在地。在横跨区内的军事分界线上，还建立起 7 座天蓝色的简易木板房，作为军事停战委员会的会议厅和中立国的工作场所。在会议厅内，正中放置一张长桌，桌上对立地放着联合国和朝、中两国的旗帜。桌子下面的地上，中间就是一条划分南北两方的军事分界线。召开会议时，双方的代表就坐在各自的一边。我们在到达朝方的统一阁大门时，就清楚地看到南方的军事人员全副武装地站立在对面。

接着，我们就参观了板门店停战签字大厅。这个大厅有一千多平方米的面积，屋顶翘起的飞檐，具有朝鲜的民族特色。它是停战签字前用很短的时间突击建造起来的，现在仍保留完整。大厅内仍保留两张当年用来签字的大会议桌。桌上仍分别放着联合国和朝、中两国的旗帜。在抗美援朝期间，我曾在开城和平谈判团担任英语翻译，工作过三年多时间。板门店是我经常去执行任务的地方。这次旧地重游，心情非常激动。在参观过程中，我向引导我们参观的人民军军官展示了我当年进出板门店中立区的证件，和在板门店与人民军代表、中立国代表在一起，以及我在谈判帐篷中进行翻译的多张照片。我还向他赠送了我的战友私人收集编辑的照片集《开城和平谈判纪念册》，供他参考、纪念，他为此对我十分尊重和感谢。在签字大厅，我还向大家补充介绍了当年和平谈判的一些情节。

现在，板门店不但仍是北南双方的接触和谈判的斗争场所，也已成为绿树成荫、花草茂盛、园林式的历史性游览圣地。

代表团中的志愿军老战士代表对这次重返朝鲜，回到了自己经常为之梦牵魂绕的地方，特别是见到了过去在自己身边倒下的烈士

们的墓地，真是无限感慨，万分激动。在烈士墓前，大家都一次次
流下悲痛的眼泪。通过七天访问，大家还有三点共同的深切感受：
一是朝鲜社会主义建设取得了伟大成就，人民的生活有了很大的改
善。当年，在我们离开朝鲜归国时，像平壤这样的大城市，已被敌
人炸成一片废墟，没有剩下一所完整的房子。老百姓只能住在掩蔽
部和防空洞内度日。在农村，青壮年大都出去当兵打仗，剩下的老
幼妇孺缺乏劳力，田园荒芜，作物歉收。大多人住的是茅草房，吃
的是野菜拌杂粮。如今，平壤已变成一个现代化的大城市。它规划
完善，建设规模巨大。市内居民住的高层楼房鳞次栉比，大街上路
面宽阔，两旁绿树成荫。特别是在市内，纪念宫、少年宫、体育场、
凯旋门、纪念塔、广场、陵园、领袖铜像和雕塑等公共建筑物，其
分布的密度，在世界各城市也是少有的。在农村，茅草房已基本消失。
道路两旁有计划地盖起了一排排统一整齐的瓦房。山上树木成林，
植被茂盛，农田中庄稼茂盛，长势良好。我们见到的朝鲜人民都穿
着整齐，精神饱满，健康状态良好。但现在朝鲜人民的生活还不够
富裕，经济还有很多困难。二是朝鲜民族具有很多特色，朝鲜是一
个具有巨大发展潜力的国家。在访问中，我们深感，在朝鲜劳动党
的长期培育下，朝鲜人民普遍崇拜领袖，崇拜英雄，他们有很强的
民族自豪感、很浓的民族自尊心和强大的民族凝聚力。他们勤劳勇
敢，有不怕死不怕苦的战斗精神。朝鲜还有秀丽的山川、肥沃的田
野、美丽的城市、良好的港湾，自然条件优越，有光明的发展前景。
三是中朝两国人民的战斗友谊必须继续巩固和发展下去。中朝两国

山水相连，唇齿相依。在抗美援朝的战争中，参战的中国人民志愿军先后有几百万人，在战场上死伤的有几十万人。我们这次凭吊的志愿军烈士只是很少的一部分。和平真是得来不易，朝鲜人民是高度珍视中朝人民的友谊的。中国人民世世代代都不能忘记长眠在朝鲜土地上的志愿军烈士，永远不能忘记中国和朝鲜人民为和平事业共同付出的高昂代价。当前，两国人民仍然是休戚与共，面临保卫和平和社会主义建设的共同事业。中朝两国人民用鲜血凝成的战斗友谊必须代代相传，继续发扬广大。

啊！朝鲜舞……

艺 兵

　　我去过世界上很多地方，没有比朝鲜这片土地更使我感到深沉，感到亲切，感到激动。在六十年的时间里，我三次踏上这片土地，每次都让我流连忘返。这片土地上根植着我的爱憎，成就了我事业的基础，联系着我成长的梦……我爱这片土地，我爱这片土地上的人民。

本文作者艺兵

第一次踏上这块土地，我接受了血与火的洗礼，三年战争，五年驻守，我从 10 岁的小丫头长成了 18 岁的大姑娘，心中装着成长的故事撤军回国；第二次，应金日成首相的邀请，我们解放军总政歌舞团随贺龙元帅率领的军事代表团文艺第一分团来到这块土地，庆祝抗美援朝十周年纪念，时间验证了中朝两国人民鲜血凝成的友谊，我们沉浸在花的海洋里；这次，是第三次，我作为中国国际友好联络会组织的中朝友好人士访问团一名成员又来到这块土地，纪念抗美援朝六十周年，无论祭扫志愿军烈士陵园还是参观访问，每一天都使我在激动中度过，每一夜都无法使我安然成寐，往事像长河中的浪花在我心中翻腾，怎能不使人魂牵梦萦？

三次来到朝鲜，三次我都跳了朝鲜舞。今天，尽管我已是七十岁的老人了，但是我在舞蹈里找回了当年的自己。大家都说我朝鲜舞跳得好！是的，这一辈子我同朝鲜舞蹈结下了不解之缘，以致它影响了我整个的舞台生涯。但这不是我与生俱来的，它是友谊的结晶啊！

在战火纷飞的年代，我在朝鲜"最民间"的农村。朝鲜舞的每个动作都是阿妈妮、阿支妈妮或者学校老师教给我的。他们面对敌人狂轰滥炸仍然扶犁耕作，在失去亲人的伤痛面前没有眼泪，他们是不屈的民族，以能歌善舞著称，敢于对强加在他们头上的战争说：不！当节日来临，他们依旧跳着心中最神圣最传统的舞蹈。由此，朝鲜舞在我幼小的心里深深扎下了根。

1953 年停战以后，我所在的部队参与了建设平壤牡丹峰剧场——

一座白色的标志性建筑，我也有幸前往朝鲜国立艺术剧院"深造"，接受最正统的"朝鲜民族舞体系"的训练。我深爱我的老师安德顺。

这是国立艺术剧院领导专门指定培养我的舞蹈家。面对我这个14岁的"小志愿军"，她一直像大姐姐那样待我。她带着我走过了极其严格的基本功训练阶段，反反复复地讲要领、做示范，无时无刻在我身旁陪伴练习。战后重建的年代，朝鲜的粮食是定量供应的。即使是艺术家，一餐也只有一铜碗米饭。安老师为我过度地透支了自己的体力，脸色苍白，时常眩晕。但一到吃饭时，她却常常把自己的米饭一勺一勺地舀给我，轻拍我的脑袋，让我快快地长大。正值长身体的我，总是只顾低头吃饭来掩饰自己内心的激动。也许我在她眼里本来就是一株小苗，她就是我的园丁。

安德顺老师把我领进了朝鲜舞的艺术殿堂。受到浓厚的艺术氛围熏陶，后来每当我听到长鼓的节奏声或"阿里郎"、"阳山道"等乐曲的旋律，心底里仿佛有一汪清泉，随时都会伴着我的舞姿流淌出来。在以后的日子里，从东北到西北，我一直担当朝鲜舞蹈中独舞和领舞的角色。为纪念抗美援朝十周年，我们赶排了"桥"这个小舞剧，安老师给予我的舞蹈指导发挥了极大的作用，使我更加思念在异国他乡的老师。

1960年我带着传统和自创的朝鲜舞蹈节目，为参加抗美援朝十周年纪念而来到了平壤。

在朝鲜政府举行的盛大国宴招待会上，大家频频举杯。突然在不远处我看见一个熟悉的身影，这不是安德顺老师吗？"安老师！"

艺兵旧照

我情不自禁地边喊边奔了过去。这位舞蹈家蓦然转过身来，先是一怔，继而从头到脚打量我。啊！分别仅仅 6 年，但我从 14 岁到了 20 岁的年龄。现在站在她面前的已不是当年那个小女孩了，而是整整高过她一个头的解放军女兵。"安老师！我是艺兵！"我边说边做她当年反复教我的那个动作向她示意。她微微眯起的眼睛忽然睁大放出了光彩，我们相互将对方紧紧抱在了自己的怀里……真是师徒相拥，喜极而泣呀！我无法控制的泪水打湿了她的肩膀，在场的人无不为之动容……这一幕就这样永久地刻在了我的心里！

从平壤出发，我们以军事代表团的名义沿途慰问，直到"三八线"上的开城。演出中，朝鲜舞蹈自然是最受欢迎的节目之一。《刀舞》、《扇舞》等，舞姿的风韵充分展示了文化和友谊的传承。特别是《桥》这个小型舞剧，每次都把演出推向了最高潮。

《桥》是以朝鲜人民共和国英雄安玉姬的事迹为原型，塑造了一个甘冒生命危险，掩护志愿军侦察员的朝鲜母亲的伟大形象。《桥》具体生动地讴歌了中朝两国人民用鲜血凝成的友谊。我在剧中扮演阿妈妮，我将自己所有对朝鲜的热爱和对老师的怀念都融入到舞蹈的创作与表演之中。大家都感到这个舞剧生动真挚。

这个舞剧在平壤就像一阵风似地传开了。新华社指名道姓地发了消息，并见诸《人民日报》的报端。

在这块土地上，对《桥》竟会有如此强烈的反响。当剧情发展到高潮时，那热烈的掌声和欢呼声，一股爱和恨交织在一起掀起的浪潮，冲开了观众情感的闸门，使得剧场的帷幕难以落下。为了看上《桥》，一个年龄与我相仿、刚换下哨来的人民军战士，以赛跑的速度从五六里之外赶来剧场。当演出结束时，他第一个跳上台来，紧紧握着我的手不放，大声喊我："阿妈妮！阿妈妮！……"然后面向观众，举起双拳不停高呼，"朝中友谊万岁！"整个剧场一片沸腾，长时间沉浸在友谊的欢呼声之中！

半个世纪以来，这片土地一直珍藏在我深情的记忆之中。陪伴我一辈子的朝鲜舞，每当跳起它，仿佛就能听见这片土地的呼吸和心跳，释怀了我无尽的思念。今天，来到平壤，来到清川江畔，来到黄继光中学，来到志愿军烈士陵园……我比往昔更加懂得作为一个幸存者应肩负的责任，我把自己的愿望和誓言埋在了烈士墓前……

将军的歌声

人民军第七军团的军团长，我不知他的姓名，但军衔告诉我他是一位将军！

到达该军团的第二天，在一个小会议室里，军团长接见了我们。军团长大概有五十岁，中等身材，在两道剑眉下，一双炯炯有神的眼睛，目光既深邃又和蔼。当他笑着环顾周围时，那眼角的鱼尾纹就显露出将军饱经的风霜，会引起人们的遐想和崇敬。

随团的翻译注意力十分集中，一段一段地翻译着将军的即席欢迎词，那么激情洋溢，会场不时报以热烈的掌声。

当军团长以"朝中亲善万岁"结束自己的讲话时，把身边的椅子挪开，有力地一挥手，用中国话大声说："现在，请允许我个人也向大家问好！鲜血凝成的中朝友谊与日月同辉！"会场因惊异而出现寂静的瞬间，旋即变成一片欢呼声。这是我今生难以忘怀的场面。

谁也没有想到，将军有一口流利的普通话，让人更没有想到的是，将军还有一副浑厚而圆润的嗓子。在欢迎会上，在联欢中，他豪爽地引吭高歌一支又一支抗日歌曲，如"大刀向鬼子们的头上砍去"、"我们在太行山上"，等等。这些歌，唱出了将军的经历，唱出了将军的友谊，唱出了将军对我们祖国的深情。他年轻的脚印，留在了中国的抗日烽火之中。他同我的父辈们一起用血肉筑起了新的长城；在那艰苦卓绝的日子里，他同我的父辈们一起"火烤胸前暖，风吹背后寒"；他的歌声曾响彻长白山和兴安岭，迎来了抗日战争的胜利······而此刻歌声成了鲜血凝成的中朝友谊的见证！

多少年过去了！每当我听到这些熟悉的歌，就不由自主地想起那曾震撼我幼小心灵的场面和当年的将军，是那样地刻骨铭心！

一束金达莱花

从朝鲜回来，到家的第一天我就打开了那发黄的本子，面对这深紫色的金达莱花，我仿佛又回到了朝鲜。

那是 1956 年 2 月 8 日前，为祝贺朝鲜人民军建军节，我们来到东海岸的第七军团演出。这个离海岸并不远的山坳，军团部所在地。车刚进山口，大家就被意想不到的场景吸引住了。为欢迎志愿军慰问团的到来，彩门牌楼，红旗飘飘，远处是夹道欢迎的人民军战士，鼓声、歌声、掌声和口号声，使整个山坳都沸腾了！

当我们列队通过彩门时，两旁的人民军战士围了上来，献给我们每个人一束金达莱花，顿时，全文工团惊奇地被拥簇在花丛里。

啊！金达莱花！不论是战火硝烟弥漫的战争年代，还是停战后和平的日子里，伴着布谷鸟的叫声，它，总是漫山遍野地怒放，展示着春的眷顾。每年这个时候，总有"大哥哥"或"大姐姐"陪着我上山采撷它。开始我把它作为"头花"插在发卡上，后来把带花的枝条编成防空圈戴在头上，再后来就把它养在杯子里伴我看书学习……但是，眼下却是春风不度的季节。随团的翻译终于为我们解开了谜团。

原来，志愿军要派慰问团前来祝贺建军节的消息，早在两个月前就传到这个坚守在东海岸的人民军的第七军团。用什么迎接志愿军慰问团，军团部把一项特殊任务下达到一个营里：在腊月寒冬的二月五日前，必须拿出 100 束金达莱花！

　　这特殊的任务成了每个官兵的心愿。每个班的炕上 10 个人挤入 9 个人的铺位，腾出的一个人的铺位堆起一层厚厚的土，铺炕 24 小时都保持着金达莱花所需要的温度。多少战士指甲挖出了血，冻裂了手，把筛选的种子埋入土里，连哨兵也多了一份轮流看护的任务。炕头上的金达莱从出土、抽芽到开花，伴着多少战士的梦，也伴着战士一时没有培育成功而流下着急的眼泪……

　　我手中的金达莱花在严冬中怒放着！它，从来没有像此刻那样打动过我。人民军战士所经历那些日日夜夜是可以计算的，但他们为友谊所倾注的深情我无法度量。我不由得轻轻摘下一朵夹在本子里，不论风里雨里，它陪伴了我半个多世纪，这是我无法忘怀的温馨和感动。

　　附（作者写给工作人员的信）：

　　张星：

　　　您好！

　　写上几句心里话，本不想写，又觉得满肚子的"激情、故事"应该写。

　　人老了，思考与记忆都是散漫的，那就写"散文"吧，于是老人、老格调就出笼了。

　　当年年纪小，不去记太多，长大了又不愿记了，只注重一些内心的感受。就这样快走到人生的尽头，忽然又要做点有意义的事，这该是怎样的无奈，又透着情致的苦涩。

这次让我敢于写"字"的勇气和理由（包括今后的回忆记录之类）："将军就是将军的回忆录，小兵就是小兵的回忆录；小兵不会有雄才大略、深谋远虑、运筹帷幄、高瞻远瞩，也不会有太多的惊天动地、跌宕起伏……"

还有许多想法我就不多啰唆。我想只可意会，千万不可言传。

　　　　　　　　　　春节快乐，辛苦啦，谢谢！

　　　　　　　　　　艺兵于 2011 年 1 月 26 日匆匆

访朝随想

王仁山

  2010年是抗美援朝六十周年，8月4日，作为一名志愿军老战士，我有幸参加了由中国国际友好联络会组织的志愿军老战士访问团。时隔60年，当我再一次踏上这个曾经战斗过的土地，这个使我魂牵梦萦的地方时，我不禁热泪盈眶，心潮澎湃，半个多世纪过去了，60年前我们用年轻的生命拥抱这片土地，保卫这片土地，60年后，我们用老花的泪眼凝望这片土地，这里的一草一木无不唤起我心灵深处的记忆。

  访朝归来，特别是在观看了以这次活动为主线的电视纪录片《融进三千里江山的英魂》后，内心久久不能平静，我时常陷入沉思，是什么力量让我们完成了抗美援朝以弱胜强的历史壮举？首先这场战争是保家卫国的正义之战，有党的正确英明领导，有祖国人民的大力支持。同时，中朝人民的友谊也为这场正义之战铸就了坚不可摧的钢铁长城，几件亲身经历的中朝友谊的小事常常回放在眼前：

在整个抗美援朝战争中，志愿军运输战线上的广大官兵和朝鲜人民一起，铸造了一条"打不烂、炸不断"的钢铁运输线。据统计这条运输线共运送物质和弹药 1280 多万吨，行程 3 亿 2 千万公里，抢修铁路 1400 多处、桥梁 2200 多座，创造了美国侵略者难以置信的神话，保障了抗美援朝的伟大胜利。可是在入朝初期，我们没有铁路运输线，作战物资全靠汽车在祖国和朝鲜之间往返运送。1950 年 10 月，从临江入朝，前方没有兵站，我们汽车兵每天都是在国内装上物资，带上干粮就赶往朝鲜前线，卸完物资就往回赶。当时，正值建国初期，国内经济困难，百废待兴，连队发给我们的干粮就是高粱米、窝头、咸菜。记得一次执行任务，到了吃饭的时候，看见路边有户老乡家，我们就停车休息，抓两把高粱米，请朝鲜阿妈妮煮些稀饭，我们好就窝头吃，只见阿妈妮进厨房一阵忙活，给我们端上来的竟是香喷喷的大米饭和辣白菜，我这个南方人第一次吃到这么好吃的大米，终身难忘，可看到阿妈妮一家却在厨房一角吃窝头、咸菜，这就是说，他们把最好吃的东西毫无保留地都拿出来给我们志愿军吃了，这是什么感情？只有父母对自己的孩子才能付出这种毫无保留的爱啊！

中国人民志愿军后勤运输任务的胜利完成，和朝鲜政府与朝鲜人民有力的支援是分不开的。我们行车沿途，每天都看到无数朝鲜人民组成的抢修队奋战在美军的轰炸机下，用他们的血汗生命保障着运输线的畅通。记得一次我们车队被阻在一条河前，美军的轰炸机把桥面炸了个大洞，河面不宽但水很深，车队只得原地待命，附

志愿军与朝鲜阿妈妮

近的老百姓纷纷赶来抢修，很多人从家里扛来木料。人群中我看到了一位大嫂，我们在她家休息过，她丈夫也是人民军，她对我们志愿军特别热情亲切，他们一家盼望战争结束，全家早日团圆，过和平安稳的幸福生活。当时我看见一个干部模样的人朝她走去，在她耳边说了些什么，只见她掩面转身朝家跑去，几个人也跟了过去，我上前一打听，才知道她的丈夫刚刚在前线牺牲了，我的心立刻提了起来，充满了对大嫂的同情和对敌人的仇恨，这个噩耗对大嫂和全家是一个多大的打击啊！可是不多一会儿，她又回到了工地上，我再一次看到了大嫂，从她红肿的眼睛里，看出她沉浸在巨大的悲痛中，但脸上却透着刚毅的神情，她不顾大家的劝阻，坚持参加抢修，在搬运木料中扛得更多了。大家深深地被大嫂的精神感动，抢修的速度明显加快，我们终于在关键时刻，把物资送到了前线。大嫂用实际行动证明了朝鲜人民伟大的民族精神和对志愿军作战的巨大支持。

　　这次访朝，在去元山的途中，车辆经过一段盘山公路，依稀记得，这就是当年我们和敌机周旋的地方。一段往事又浮现在眼前。1951年7月左右，美国侵略者利用它的空中优势，对我军发起一场大规模的空中"绞杀战"，疯狂轰炸封锁我后方供给线，摧毁我方运输线和车辆等运输工具，昼夜不停地超低空搜索扫射，妄图"绞杀"、"窒息"中朝军队，这使我们的运输工作异常艰难。针对这种情况，大家创造了许多有效的方法和措施，和敌人展开针锋相对的斗争。一次我运送弹药，开了一夜车，天已经蒙蒙亮了，可是为了早点儿将弹药送到前线，就想趁天没完全亮多跑些路，开过这段山路再休息。刚刚翻过这座山，在下山途中遭遇了敌机。我赶紧利用山地地形和车辆灵活的特点，与敌机展开了"老鹰捉小鸡"的智斗，即当敌机向我俯冲时，我驾车躲到山体背面的山脚下，使敌机炸不到我，等敌机冲过去，我利用他拉升掉头再俯冲的工夫，加大马力，绕到山体的另一面山脚下隐蔽，他还是炸不到我，几个回合下来，我已下了山，在防空哨兵的协助下，迅速地钻进了树林。敌机找不到汽车目标，只得悻悻离去，我别提有多高兴了。有一次夜间我正在行驶途中，不知是紧张还是怎的，肚子突然剧烈地疼痛起来，我坚持着开到路边的一个老乡家，就再也动不了了，屋里跑出阿妈妮，虽然语言不通，但她看出我的痛苦，于是让我到家里休息。她又是倒水又是擦汗，我心里想着前线急需弹药，两次挣扎着去开车，但都没成。正在这时我看见一名人民军的军医挎着药箱出现在眼前，顿时我喜出望外。军医给我检查了一下，向阿妈妮要了一杯水，示意我吃下一个黑色的药丸，不一会儿，我肚子的疼痛就奇迹般地消失了，我起身谢过阿妈妮和军医，上车赶路。军医要求和我们一起走，我以为他要搭车，可车行半路，前不着村后不着店，军医却示意停车，我们相互道别。我从心底感激他们的帮助，使我按时将弹药送到了前线。事后我才明白，军医是阿妈妮找人叫来的，军医给我的神秘药丸是一种强效镇痛剂，为了观察药物反应，又不耽误我把弹药送上前线，消灭中朝人民共同的敌人，竟陪我开出好几公里的路程，自己再徒步走回来。正是这些小事，串起了中朝两国人民并肩作战、共结友谊的花环。

这次访朝，我们到志愿军烈士墓前祭拜，看到陵园草木葱郁、环境整洁，这都是陵园工作者辛勤劳动的结果。朝鲜人民生活虽然不富裕，但他们在尽自己最大的努力，守候爱护着志愿军烈士的陵墓，中朝烈士的英灵在这里安息，中朝人民的友谊在这里升华。历时3年零32天的朝鲜战争虽然结束了，可是中朝两国人民的友谊将世世代代传承下去。

重访邻邦增友谊　祭奠英灵慰忠魂

栾克超

　　2010年8月4日—11日，我作为原中国人民志愿军的一名老战士，有幸由儿子陪同参加了"中国国际友好联络会中朝友好人士访问团"，应朝鲜友好协会邀请，在中国国际友好联络会副会长辛旗同志为团长的率领下，到朝鲜民主主义人民共和国进行为期8天的访问。阔别了近60年之久，重访友好邻邦，心情之激动，实在难以言表。一

本文作者栾克超

踏上朝鲜的国土，我的第一个感觉就是："变样了，大变样了！"朝鲜大地青山绿水，树木成林，城乡整洁，秩序井然，农作物长势良好，丰收在望。而我在1952年初入朝参战时，那里都是满目疮痍，惨不忍睹。在美国侵略者的蹂躏下，到处是断壁残垣，破砖烂瓦。美国飞机不时到朝鲜上空袭扰，狂轰滥炸，无辜百姓家破人亡，苦不堪言，我们的战士看到那种情景无不义愤填膺。如今炮火连天的战场已经变成了宁静的家园，朝鲜人民在工厂、田野里劳作，过着和平的生活。我的内心不禁发出一声感叹：中国人民志愿军英勇的将士、中国人民的优秀儿女，当年在这片土地上抛头颅、洒热血，为朝鲜人民抵御美国侵略者的进犯，保卫祖国的安全，赢得了和平与安宁，烈士们的鲜血没有白流，中国人民为之付出的重大牺牲是值得的。

缅怀先烈告慰英灵

缅怀先烈，祭奠英灵，是我们此行的重要内容。在访问期间，我们参观了"朝鲜祖国解放战争纪念馆——志愿军馆"和朝中友谊塔等，拜谒了志愿军烈士陵园。

抗美援朝期间，英雄的中国人民志愿军将士，在党中央和毛泽东主席的领导下，高举保卫和平、反对侵略的正义旗帜，同朝鲜人民一道，在交战双方武器装备水平对比极为悬殊的条件下，英勇奋战，打败了美帝国主义，赢得了抗美援朝战争的伟大胜利。中华民族的优秀儿女有18万人献出了年轻宝贵的生命，有15万烈士至今长眠在朝鲜的国土上。他们是我们的亲密战友，我们怀着敬仰的心情，来看望他们，缅怀他们的丰功伟绩，赞颂他们的大无畏革命精神。

在"朝鲜祖国解放战争纪念馆——志愿军馆"里，我看到陈列的志愿军使用过的枪炮感到非常亲切，看到墙壁上挂着60位志愿军战斗英雄和烈士的照片，我不禁肃然起敬而又十分悲痛。与人民军老战士座谈，共同回忆当年并肩作战的情景，倍加兴奋。在朝中友谊塔大厅中央的石函里，安放着志愿军政治部送存的10本记载战斗英雄和烈士的名册，当我看到由朝鲜政府授予的"朝鲜民主主义人民共和国英雄"称号的12人，除彭德怀同志外，只有胡修道、杨育才两人活着走下朝鲜战场，其他9位都在这烈士的名册上时，我心如针扎，泪水遮住了眼睛，悲痛地哭出声来。

访问团先后祭奠了桧仓、安州、金化、昌道、开城等烈士陵园，

朝鲜祖国解放战胜纪念馆——志愿军馆

我们站在烈士墓前，不禁想起用胸膛堵住敌人枪眼，为部队冲锋开辟道路的黄继光、李家发、许家朋、赵永旺；忍受烈火烧身的剧疼，保证潜伏作战胜利的邱少云；抱起炸药包，奋勇冲向敌群的杨根思、伍先华、方新；为坚守阵地，拉响最后的手榴弹、手雷、爆破筒与敌人同归于尽的孙占元、杨春增、王万成、朱有光、李云华；不畏艰险，为保证运输线畅通而牺牲的杨连弟；身负重伤继续杀敌，流尽最后一滴血的王志、张世秀、刘保平、曹玉海；奋身跳进冰窟勇救朝鲜落水儿童而献身的罗盛教……千千万万惊天地、泣鬼神的英雄业绩，使我们志愿军老战士再次受到深深的震撼，一致向烈士们庄严宣誓：我们永远缅怀和敬仰光荣牺牲的烈士，永远不会忘记你们。

在开城烈士陵园，我还对长眠在异国他乡的志愿军烈士们说："我们的儿女，就是你们的儿女，将来我们老得走不动了，不能再来看你们，他们会来看望你们的，缅怀和祭奠你们的。"面对烈士英灵，不禁想起我所知道的：开城烈士陵园安葬的大都是 1950 年 12 月 31 日至 1951 年 1 月 8 日的第三次战役——岁末大战中浴血奋战牺牲的志愿军战友。当时"三八线"以南的百姓跑光了，房屋和粮食被敌烧光了，给养供给不上，志愿军指战员只能靠"一把炒面、一把雪"，在风雪严寒的除夕之夜冲锋陷阵，打过"三八线"，将敌人赶到"三七线"地区。

最后炒面袋子也空了，很多战友是被饿死、冻死在战场上的。彭德怀司令员说过："这些可爱的战士在敌人飞机坦克大炮的轮番轰炸下，就趴在雪地里忍饥挨饿，抗击敌人猛烈的进攻。我们的战士赤脚在零下 40 度追击敌人，脚都冻黑了……其艰苦程度甚至超过红军长征时期……"想到这里，我禁不住悲痛欲绝，有点儿站不住了，幸亏工作人员组长邓文庆同志扶住才没有倒下去。

在志愿军总部所在地桧仓的志愿军烈士陵园，登上象征 240 万志愿军大军的 240 级台阶，步入墓地，看到 134 位烈士的坟墓排列得整整齐齐，每座墓前的石碑上都雕刻着烈士的英名，毛岸英烈士的石像、石碑也坐落在其中。

毛岸英烈士是毛泽东主席的长子，是中华民族的好儿子。他一生充满了艰辛和苦难。8 岁时与母亲杨开慧被国民党关进黑牢，杨开慧烈士被反动派杀害，毛岸英兄弟经地下党营救出狱后送到上海大同幼稚园。上海地下党组织被破坏后，10 岁的岸英带着两个弟弟流浪街头，哥仨相依为命。不久，三弟岸龙被折磨病逝。岸英和二弟岸青在上海讨饭、卖报纸、捡破烂、拾烟头、帮人推人力车，挣

彭德怀与毛岸英

毛岸英牺牲处纪念碑

扎着活了下来。1936 年上海地下党组织恢复后找到了流浪 5 年之久的哥俩，将他们送到苏联学习。第二次世界大战爆发时，岸英参加了苏联红军，当上了坦克连中尉指导员，参加苏德战争。回国后，他积极响应抗美援朝的号召，参加了志愿军赴朝作战。他没有死在国民党反动派的黑牢里，没有死在颠沛流离的旧社会上海滩，没有死在残酷的苏德战场上，在抗美援朝、保家卫国战争中，却被美国侵略军的炸弹、凝固汽油弹炸死、烧死在烈火之中，他的遗体被烧焦了，靠认出一把斯大林奖给他的德国造手枪才辨认出他的遗体。他年仅 28 岁、新婚才一年，就与 15 万志愿军烈士一起长眠在朝鲜国土上。

这些记载着历史的烈士陵园，将永远是我们心中的圣地，在祭奠中，我们感到可以告慰烈士英灵的是：你们当年用鲜血与生命赤诚捍卫的祖国强大了，经济实力、军事实力都大大加强了。你们可以为之骄傲，为之自豪了。

回忆战史胜利不易

仁川烈士陵园，安葬的主要是第二次战役在西线牺牲的志愿军烈士。金化烈士陵园，安葬的主要是上甘岭战役光荣牺牲的志愿军烈士。

这两个战役打得好、胜利大、影响广，大长了中国人民的志气，大灭了美帝国主义的威风，而胜利却来之不易，也是中国优秀儿女用鲜血和生命换来的。

毛泽东是一位伟大的政治家、军事家、战略家。志愿军入朝作战，他首先与周恩来、彭德怀从战略全局上，谋划、部署和指挥打好第一次、第二次战役，以期首战必胜，稳定战局。毛主席确定的作战方针是："先打伪军，再打美英军"，"在稳定可靠的基础上争取一切可能的胜利"。他对部队行动的指示，甚至具体到各军开进路线、到达指定位置的时间、哪个军打哪个敌人、采取什么战术等，都作了详尽的安排部署。

第一次战役，于1950年10月25日打响，志愿军经过13昼夜的苦战，将敌人从鸭绿江边赶到清川江以南地区，歼敌1.5万余人，向南推进100多公里，首战告捷，初步稳定战局，安定了民心，振奋了士气。但整个战场的形势没有大的变化。

麦克阿瑟仍很狂妄，又向前线增兵美军8万余人。让东线美第10军、南朝鲜（以下称南）第1军团共4个师，在军长阿尔蒙德指挥下，从长津湖西进，让西线美第8集团军的第1军、第9军和南第 2 军团共 8 个师两个旅，在司令官沃克指挥下，由清川江北犯，在江界（朝鲜政府临时所在地、距鸭绿江 50 公里）以南地区会合，企图将志愿军、人民军一举消灭，结束朝鲜战争，让美军回日本过圣诞节。志愿军遂于 1950 年 11 月 25 日发起第二次战役，浴血奋战一个月。

毛主席预感到一场恶战不可避免，即于 10 月 31 日命令华东第 9 兵团入朝，担任东线长津湖地区抗击和歼灭美第 10 军和南第 1 军团进攻的任务。我 9 兵团第 20、26、27 军 12 个师 15 万人，在酷寒的冬天奋勇作战，将美陆战第 1 师、美第 7 师和南首都师、第 3 师基本上歼灭了，并将美第 10 军的残部赶下海去了，彻底解决了东线的问题。志愿军总部和中央军委都给 9 兵团发了嘉奖令。毛主席在嘉奖令中说："你们在极其困难的条件下，完成了巨大的战略任务。" 9 兵团在此次战役中也伤亡严重，多为冻伤冻死在战地上的，不少团队失去了战斗力，在咸兴、元山地区休整 3 个月，补充兵员，恢复战斗力。此战役中，光荣牺牲的志愿军烈士大都安葬在长津湖烈士陵园，杨根思烈士也安葬在此烈士陵园中。

在西线我集中 6 个军 18 个师，以诱敌深入各个歼敌的战法，抗击美第 8 集团军的进攻。38 军在歼灭德川南第 7 师和正在攻歼戛日岭土耳其旅之时，按照彭总的命令，以一支劲旅 14 小时用双脚边打边行军 72.5 公里，这还是地图上所标的距离，奇迹、神迹般地插入三所里、龙源里，犹如一把利剑刺进美第 8 集团军的心脏，使拥挤在西线的美南军顿时惊惶失措。"联合国军"总司令麦克阿瑟和第

8集团军司令官沃克为了作最后的绝命挣扎，妄图不惜血本突破三所里、龙源里志愿军的阵地，将困守在清川江附近的美第2师、美第24师、美第25师和南第1师救出包围圈。

1950年11月30日这一天，是志愿军第二次战役——清长大战中，最关键最激烈的一天。这是一场中国军队用几十门迫击炮、几百挺机枪、几千支步枪和刺刀，同美国军队的几百架飞机、几百辆坦克、上千门大炮展开大血战的日子。这天，打得最惨烈的是我113师337团3连龙源里阻击战和112师335团3连松骨峰阻击战。激战6个小时，美军未能前进一步。被包围的美军与来救援的美骑兵第1师相距最近时已能看到该师坦克上的白色徽星，但可望不可即，就在这短短的几百米却冲不过去，因为那里有不可逾越的志愿军战士组成的钢铁阵线。最后，这两个志愿军英雄的连队也打光了，伤亡殆尽。

"这是在和魔鬼战斗！"美国人的神经终于崩溃了，他们再也不敢向这两个空无一人的阵地攻击了。

在前线指挥作战的韩先楚副司令员在电话里向彭总报告了38军的光辉战绩和这两个连队的情况，彭总流着眼泪又在嘉奖电文上写下"中国人民志愿军万岁！38军万岁！"。随队军旅作家魏巍据此写成的战地通讯《谁是最可爱的人》，于1951年4月11日由《人民日报》发表后，成为中学语文教材的名篇。"最可爱的人"遂成了志愿军的代称。

这天入夜，志愿军第38、39、40、42、50、66军，从多个方向对美第 8 集团军发起总攻。敌我双方犬牙交错的激烈战斗情景，令人惊心动魄。

这次大战中，不仅南第 2 军团彻底完蛋了，美第 2 师、土耳其旅也垮掉了，美第 24 师、美第 25 师、英第 27 旅亦受到重创。美第 9 军吓得丢弃全部装备：2000 辆汽车、几百辆坦克、1000 门大炮，轻装掉头向西汇合美 1 军，整个美第 8 集团军的残兵败将沿着肃川一条海边公路亡命南逃，光俘虏就送给志愿军 3000 多人。10 天工夫，美军南逃 300 公里。美军第 8 集团军司令官沃克中将在逃跑中翻车身亡。美军一直逃到"三八线"才停住脚步，转入防御。

第二次战役——清长大战，是一场改变世界和历史的大战，是志愿军抗美援朝在运动战阶段打得最精彩的一次战役。这次战役，大大超出了我军预定的目的，不仅歼敌 3.6 万余人，彻底粉碎了敌人妄图在"圣诞节"结束朝鲜战争的计划，而且还收复了平壤和除襄阳以外的北朝鲜全部领土，从根本上扭转了朝鲜的战局，整个世界、包括中国自己被这大得令人难以置信的胜利震惊了。大捷的喜报让无数的中国人民流下了热泪，举国上下一片欢腾。朝鲜民众兴奋地高喊："毛泽东伟大，周恩来伟大，朱总司令伟大，彭老总伟大，朝鲜有救了！"从此战役，美国侵略军不可能吞并朝鲜和把战火烧到中国大陆上了。此役我军也付出了伤亡 3.07 万余人的代价。

斯大林看到中国军队大胜的战报流下了眼泪，于 12 月 25 日给毛泽东发来贺电。整个苏联社会对志愿军感到钦佩：这是一支伟大的军队！

当时在北京，毛泽东、周恩来与金日成会面，两国的领袖对战争的进程无疑十分满意。

毛泽东对金日成说："原先我们一直担心两个问题：一个是志愿军过江后能不能在朝鲜站住脚，经过第一次战役，这个问题解决了；二是现有的装备，能不能和装备现代化的美军交战，交战后能不能取得胜利，现在这个问题也解决了，事实证明，我们不仅可以与美军交战，而且能战而胜之，看来原来的担心不必要了。既然美帝敢于诉诸武力，那么中国人民志愿军就要奉陪到底。打第一次战役，打第二次战役，胜利了，还不够，还要接着打。你敢越过'三八线'北进，那么我为什么不能越过'三八线'南进？"

金日成说："对，我们要乘胜前进，拿下平壤、拿下汉城，迫使敌人从朝鲜撤出去……"他由衷地赞同毛泽东的见解。

1952年10月14日开始的上甘岭战役，是最惨烈最悲壮的一次战役，驰名中外。兵力火力之密集、反复争夺之频繁、战斗之残酷激烈实为世界战争史上所罕见。其艰苦程度，比电影《上甘岭》要艰苦几倍甚至几十倍。上甘岭战役前线的主要指挥者是：志司代司令员兼代政治委员邓华、副司令员杨得志；3兵团副司令员王近山；15军军长秦基伟；12军副军长李德生等。

前20天中，15军担任主要作战的师，步兵连队中两次打光重建的就有16个。全师班级骨干伤亡率几乎100%，排级干部近90%，连级干部也达65%。赫赫有名的"上甘岭特功8连"，3次打光，3次又补上新兵，打得惊天动地。在后20多天中，12军部队上来接防，由于连日战斗，坑道被敌空炮火力轰击一个月，开始坍塌，作战更加困难，伤亡激增，有 4 个团伤亡严重，多数连队打光了。有一个团的 1 连第一批上阵地的只剩下一个新战士和一个被炸断腿的副连长；1 营进入战斗时，全营 700 多人，可实际参战人员先后累计达到 2100 多人，等于换了好几茬。什么叫"前仆后继"？看看上甘岭

坚守上甘岭

战役，便一清二楚了。

43 天的上甘岭战役，尽管敌人先后投入 10 个步兵团，另 2 个营和一个空降团、18 个炮兵营共 300 门大炮、近 200 辆坦克、300 多架飞机共 6 万余人的兵力，对志愿军阵地轮番攻击近 700 次，在我只有 3.7 平方公里的两个小高地上，集中倾泻了 190 万发炮弹和 5000 余枚炸弹，将两个高地削低了 2 米。但浴血奋战的志愿军以伤亡 1.15 万余人的代价，取得歼敌 2.5 万余人，其中美军死伤 5000 余人的胜利。被誉为"上甘岭战士"的英雄们打出了"上甘岭精神"，打出了震惊世界的上甘岭战役。在敌人的疯狂攻击下，我上甘岭的要点阵地稳如泰山，屹立不动。

上甘岭战役取得的伟大胜利，正如毛主席所说："今年秋季作战，我军取得如此胜利，除由于官兵勇敢、工事坚固、指挥得当、供应不缺外，炮火的猛烈和射击的准确实为制胜的要素。"

血战上甘岭

美国人彻底认输了。他们称上甘岭是朝鲜战争中的"凡尔登"，"即使用原子弹也不能把狙击兵岭（指 537.7 高地北山）和爸爸山（指五圣山）的共军部队消灭光"。"联合国军"总司令克拉克坦陈："死人太多，在只争夺两个高地之战中，事实上变成了美国历史上最不得人心的战争……我认为这次作战是失败的。"从这次上甘岭战役开始，美国再也不敢小瞧中国了。

许多美国人多少年后还一直想不通，朝鲜战场上的上甘岭战役美军为什么会惨败呢？真是奇怪！美国的军事研究者苦思冥想，甚至还通过电脑模拟想得出结论。

毛泽东主席给予了回答："纵观古今中外的战史，不论是法国的马其诺防线、德国的诺曼底防线还是以色列的巴列维防线、蒋介石的长江天险，这些固若金汤的防线都不堪一击，一举被攻破。唯有上甘岭防线没有被攻破，这是奇迹。"

抗美援朝战争，是一场以劣胜优的战争，志愿军在武器装备水平极其落后的情况下，是靠斗智斗勇、不怕苦不怕死的大无畏革命精神、坚强的战斗意志、机动灵活的战略战术和人民战争，战胜了武装到牙齿的美国侵略者。

重访当年作战的旧战场，我想起当作战参谋时，也曾不失时机地与敌交锋过三次：

1952 年 3 月，志愿军炮兵师回国换装尚未回来，美军欺负我前沿阵地的火器打不到它，竟将师指挥所设在距我前沿阵地约 4000 米的平地上，帐篷一大片，其人员活动和架设的天线我均能望见。这个可恶的师指挥所还指挥美军炮兵不断向我射击，我干部战士气得咬牙切齿。我时任炮兵 41 团作战股参谋，经与坦克部队研究：用坦克当炮兵摧毁它。上级同意后，在我的指导下，战车 3 团 1 连 4 辆坦克从后山坡爬到前沿阵地上，在丛林里占领阵地，将炮管仰高增大射程，用间接瞄准射击方法射击。开始全连一发试射，炮弹近 100 多米、方向偏右。增加距离、修正方向全连 4 发齐射，略加修正又是 4 发齐射，效果甚好。接着 8 发连射，最后又是 8 发急促射，96 发坦克炮弹准确地炸在美军师指挥所范围之内，一片大火，炸得美军人员、电台、器材飞上天，这个美军师指挥所被彻底摧毁了。待敌人炮兵还击时，我坦克连已撤下山来，即使弹片击中坦克也无济于事。从此美军的师指挥所再也不敢设在逼近我前沿阵地的平地上了。

志愿军第 3 兵团从上甘岭转移到元山地区担任反登陆作战任务兼任东海岸防御指挥部，所辖作战部队有志愿军第 12 军、第 15 军、独立第 33 师；有人民军第 2 军团、第 5 军团、第 25 旅团、第 26 旅团，司令员许世友，副司令员王近山（先）、曾绍山（后）、金雄（人民军），副政委杜义德。

1953 年 5 月的一天，美国"密苏里号"战列舰无视我军的战力，竟在光天化日之下窜到元山港湾来耍威风。我和张振邦同志两个 3 兵团兼东海岸防御指挥部的参谋，正在元山港湾右侧坚守连太山的志愿军 15 军、人民军 25 旅团检查战备工作，面对这种情况，请示领导是来不及了，我们两人就协同和指挥 15 军炮兵团——炮 9 团 2

个值班炮兵连和 25 旅团炮连一齐对其射击，炮弹在敌战列舰周围四处爆炸，吓得这个像座小山一样的庞然大物掉头就跑，以后未敢再来。据说我炮兵打坏了它的一个扫雷器。我立即报告兵团首长。许世友司令员对曾绍山副司令员说："参谋也能干大事，好！"

我和程方略同志，奉兵团首长命令到 60 军去参加从 1953 年 7 月 13 日开始的"金城战役"。在突破敌阵地时，我们随突击部队 181 师、180 师行动，部队勇如猛虎，奋不顾身，冲向敌阵。有的突破口重叠的铁丝网未被我炮火摧毁，步兵跳越不过去，来不及剪断和爆破，战士们即趴在铁丝网上，以身为跳板，让冲锋战士踏着人背通过，消灭敌人。而趴在铁丝网上的勇士们的胸膛被扎烂，血流不止，经紧急救护才得以保住性命。

部队向纵深进攻，我们兵团部两个参谋来到军前指时，因道路又少又窄，路况极差，堵塞严重，支援炮兵除火箭炮 209 团跟上来外，其他大口径炮兵均未上来。在敌人成团、成师，甚至几个师一齐反扑时，黑压压一片向我步兵阵地冲击，由于没有大量炮火支援，眼看着我步兵快顶不住了，军前指 60 军副军长王诚汉急得大喊："炮兵没有上来，火箭炮我们又无权使用，怎么办？"当时火箭炮 209 团就在跟前，但按规定火箭炮的使用权属于志司和兵团，军以下单位无使用权。在这紧急时刻，我就大胆地进言："你是前线总指挥，你的命令谁敢不执行！"他说："火箭炮我也能指挥？"我毫不含糊地说："那当然！"于是王副军长命令火箭炮 209 团射击，抗击敌人反扑。

火箭炮 209 团对着密集冲击的敌群一次齐放后，接着一个营一个营地齐射，黑压压的敌群中一片火海，成营成团的敌人被炸死烧焦，幸免的敌人纷纷向后逃命。火箭炮射击时，空中一道道一片片火箭弹把敌机也吓跑了。

过了一会儿，敌人醒悟过来，火箭炮还未来得及撤出阵地，几十架敌机对着 209 团俯冲扫射、猛烈轰炸，该团伤亡严重，火箭炮被毁大部，失去了战斗力。

火箭炮是苏联制造的，别名"喀秋莎"，这个名字是美丽姑娘之意。"二战"中，斯大林称炮兵为"战争之神"。一发火箭弹长达一个汽车车厢，威力顶三四发大口径榴弹，并有数千度的高温，两个战士抬着才能装填上一发，一辆炮车有 8 个发射管，装 8 发火箭弹，8 秒钟即可发射完毕。一个团有 36 辆炮车，一次齐放就有 288 发火箭弹发射出去，其威力之大在当时是罕见的，敌人是受不了的。

在我军粉碎了敌人的反扑，守住了阵地后，我立即将火箭炮 209 团的使用和被炸的情况，报告了兵团 3 号首长曾绍山副司令员。晚上志司追查时，曾副司令员说："不用追了，给他们立功就行了！"战后我也受到表扬。

就在金城战役打到最后时，被中朝军队打痛打败了的美国侵略者终于被迫于 7 月 27 日在停战协定上签字停战了。联合国军总司令、美国四星上将马克拉克在朝鲜停战协定上签字后说："朝鲜半岛的战争，是我们美国在一个错误的时间，错误的地点，同一个错误的对手，打了一场错误的战争。而我成了历史上签订没有胜利的停战条约的第一位美国陆军司令官……我感到一种痛苦……我们失败的地方是未将敌人击败，敌人甚至较以前更强大，更有威胁性。"

1953 年 7 月 27 日晚上 22 时，这是一个具有重大历史意义的时刻——驻守军事分界线两侧的双方军队的步兵、炮兵、坦克兵，在横贯朝鲜中部 200 多公里的战线上同时停止射击、轰炸和一切作战行动——夜幕降临，在停战前的一刻钟，双方阵地上祝贺停战对空射击，枪炮声四起，照明弹、曳光弹五颜六色，照得漫山遍野一片通红。22 时整，顷刻间，万籁俱寂。当时，我和程参谋与中朝军队指战员一起高兴得跳起来，齐声欢呼："和平了！和平了！""胜利了！胜利了！""胜利来之不易！胜利是打出来的！""中国人民伟大领袖毛主席万岁！""朝鲜人民伟大领袖金日成主席万岁！"

抗美援朝取得了伟大的胜利：打败了美帝，帮助了朝鲜，保卫了祖国，拯救了和平。这是中国近代自卫战争中唯一的、彻底的胜利。朝鲜战争则是美国近代战争中唯一的失败。美国人承认自己是失败者，美国国会联席委员会主席、美国前总统胡佛直言："美国在朝鲜被共产党中国击败了！"

友好情谊万古常青

朝鲜人民是英雄的人民，中朝两国人民的友谊是用鲜血凝成的。志愿军老战士访问朝鲜就像久别的亲人重回故里一样，受到了热情的欢迎和盛情的接待。

朝鲜朝中友好协会中央委员会副委员长田英进到机场迎接访问

团，多次接见并与访问团交谈，两次宴请访问团，出席访问团答谢宴会，并到机场为访问团送行，他笑容可掬，友好热情。

朝鲜对外文化联络会亚洲局副局长金贤景，是位女同志，不辞辛苦，与其他陪同人员一直陪同带领访问团8天的参观与祭奠活动。她在面部摔伤后，仍带伤带领陪同，工作认真，友好热情，深受敬佩。

朝鲜劳动党常委、朝鲜最高人民会议常任委员会副委员长杨亨燮于11日在平壤万寿台议事堂会见了访问团，并对访问团热情地说："中国人民志愿军入朝参战距今已经60年了，现在回忆起来仿佛还是昨天的事情。此次访问团拜谒中国人民志愿军烈士墓并与朝鲜老兵一起回忆当年并肩战斗，这些情景非常令人感动。"他还说："朝鲜人民将继续竭力巩固发展朝中友好关系。朝中两国人民的友谊是用鲜血凝成的，这样的友谊世界罕见，朝鲜人民将一代接着一代管理好志愿军烈士墓，把老一辈领导人缔造和培育的朝中友谊继续向前推进。"

朝鲜人民对我们的盛情接待，使我不禁想起当年和朝鲜人民亲密无间、团结战斗的情景。当年朝鲜人民在极端艰难困苦的情况下，踊跃支援前线，关怀爱护志愿军战士，涌现了许许多多感人至深的事迹。记得那是1952年3月的一天太阳刚出来时，4架美国飞机对着只有十几户人家的村庄猛烈轰炸，俯冲扫射，不一会儿村庄没了，亲人死了，剩下的人瞪着仇恨的眼睛欲哭无泪。掩埋亲人后，男女青年参加人民军，拿起武器与美国鬼子拼命，为死者报仇。留下的老人和少年就在山边挖个洞子住着，帮助志愿军送弹药、抬伤员、修路、扫雪、扫三角钉（美军飞机投撒下的能扎破汽车轮胎的三角钉子）、支援志愿军作战，与志愿军成了一家人。

上甘岭战役，是志愿军打得最惨烈的一次战役，也是志愿军得到朝鲜人民大力支援取得巨大胜利的一次战役。上甘岭周围地区的朝鲜人民迅速动员起8000多人的支前队伍，他们组成了很多运输队、担架队，设置了茶水站、苹果站和鼓动站。在担架队里有舍身救护伤员的国际主义战士朴在根；在野战医院里有多次为伤员输血的朴丙玉；在战斗中的40多天里，一位被敌人炮火打断腿的年轻姑娘石吉荣，一直坚持在公路边设立茶水站慰问志愿军，一天内有上千人喝到她的开水；在上甘岭附近的一个小村庄里，有一位叫咸志福的大娘，对保卫自己的祖国满怀信心，对志愿军的热爱就像对自己的亲儿女一样，战斗中不管炮火打得多激烈，她总能镇静地为志愿军洗衣、烧水、照顾伤员，总共为志愿军洗了1300多件衣服，志愿军深受感动，亲切地称她为"志愿军妈妈"。朝鲜人民这样的支援，给了志愿军指战员很大的鼓舞。

其实，中朝两国人民早就是一家人了，不分彼此。我还记得，在反登陆作战准备时，1953年2月，3兵团兼东海岸防御指挥部召开志愿军、人民军师以上干部作战会议，金雄副司令员讲话时，他先问翻译小崔讲什么话好，小崔说他讲朝语好些。金副司令员即说："那好，你讲朝鲜话，我讲中国话。"。就这样他讲中国话、翻译讲朝鲜话。金雄同志曾是中国军队的老兵，抗日战争时期，他当过新四军团的参谋长，解放战争时期，他是东北野战军李红光支队的支队长，1948年带领部队回国，担任朝鲜劳动党和人民军的高级职务，抗美援朝时，他还是中国人民志愿军、朝鲜人民军联合司令部的副司令员。

为了联系指挥方便，人民军第2军团、第5军团在3兵团兼东海岸防御指挥部司令部派有联络组，两位组长都姓金，2军团组长是大尉军衔，5军团组长是少校军衔，我们都在一起吃饭，除工作一联系就办成外，什么话都随便说。

一天早晨，我们去吃饭，发现有一位穿粉红色衣服的女同志从2军团联络组长掩蔽部走出来。我们几个人一起商量诈他，让他说实话。在他来吃饭并打饭带回去时，我们便对他说："你作风不好，有男女关系问题。"他吓了一跳，急忙说："我们要结婚了。"大家哈哈一笑，他才知道我们是在"诈"什么。几天后他俩结婚，全由兵团司令部管理处给他操办得很好，情同家人。

多年来我一直珍藏着一张"不是亲人，胜似亲人"的朝鲜阿妈妮（大娘）与志愿军战士热情拥抱的照片，当我将复印放大的这张照片珍重地送给朝鲜同志时，他们非常欣喜。在送给朝中友好协会中央委员会田英进副委员长时，他看了激动地说："这就是朝中人民友谊的象征，应当珍惜。"并与我亲切地握手、拥抱。

访问中在与朝鲜同志交谈时，他们都异口同声地对我们说："在我们国家最困难的时候，中国人民优秀儿女组成的志愿军来了，帮助我们打败了美国侵略军，朝鲜人民对中国人民抗美援朝的功绩是不会忘记的。"他们还表示："朝鲜人民一定会像当年关怀爱护志愿军战士一样，精心地将志愿军烈士陵墓管理好保护好，请中国同志放心。"我看到坐落在山丘上松柏常青、草地碧绿、保护完好的志愿军烈士墓，听到朝鲜同志介绍每年都有朝鲜民众自发地到志愿军烈士墓扫墓，缅怀志愿军烈士；还有一个非常感人的故事：桧仓中学的一位同学在下大雨时，披上雨衣奔上桧仓烈士陵园，将雨衣披在毛岸英烈士石像上，自己却淋得湿透了衣衫。我听了之后，对朝鲜人民的感激之情油然而生，朝鲜人民没有忘记志愿军、没有忘记志愿军烈士啊！我感到非常欣慰。

我在接受媒体采访时，对朝鲜劳动新闻的记者说："我们虽然是几十年后再次踏上朝鲜土地，却像回到故乡一样亲切。美帝国主义的炮火几乎把平壤夷为平地。美帝国主义曾夸口，朝鲜花 100 年也无法恢复重建。但朝鲜人民就是在这片被破坏殆尽、形同废墟的土地上建成了这座美丽的城市。看到朝鲜人民自力更生、艰苦奋斗的革命精神建成的纪念碑式建筑，我十分感动。"我还说："中朝友谊经受了历史的考验，在实现共同发展宏伟事业的奋斗中不断得到巩固和发展。两国军队和人民用鲜血凝成的中朝友谊万古长青！"我与其他志愿军老战士对记者的谈话，均被刊登在 8 月 30 日朝鲜的《朝鲜日报》上。

我们怀着依依惜别的心情结束了对朝鲜的短暂访问，但我们的心情却久久不能平静。今天在纪念伟大的中国人民志愿军抗美援朝出国作战六十周年的时候，我们要缅怀为朝鲜人民、中国人民捐躯的志愿军烈士，永远不要忘记他们。要把毛泽东、周恩来、彭德怀等开国元勋和志愿军广大指战员"抗美援朝、保家卫国"的卓越功勋和伟大贡献，铭记在全国人民心中。要让我们和我们的子孙后代都晓得抗美援朝战争的胜利来之不易，这胜利是全国人民与志愿军用鲜血和生命换来的。要把抗美援朝精神代代相传下去，自强不息，热爱祖国，建设祖国，保卫祖国，报效祖国。

2010 年 12 月 12 日

六十年一瞬间

赵惠萍

　　2010 年 8 月份，我有幸随友联会"中朝友好人士访问团"赴朝访问。从北京到平壤坐飞机，一个半小时就到了。从上飞机的那一刻起，我心里不知是什么滋味，可能是五味俱全吧！更重要的是一种期盼……

　　20 世纪 50 年代，我们部队由野战军改建成铁道兵，新建了天水

本文作者赵慧萍

至兰州的铁路及其他铁路。朝鲜战争开始后不久，部队接到命令，赴朝参加抗美援朝、保家卫国，与朝鲜人民军铁道兵一道抢修铁路，确保作战物资运输线畅通。部队从西北去朝鲜往东北方向走，越走越寒冷，火车到了西安，部队给每人补充了一套绒衣，大家套在大棉袄里就暖和多了。火车一直开到东北安东（现在叫丹东），我们换上闷罐车，列车过了鸭绿江进入朝鲜。车停了，也不知道是什么地方。一下车，有战友说"今天是腊月初八"。我心里一震——"腊八"正是我十六岁生日，还是在另外一个国家，多么有意义啊！这一天令我终生难忘！忽然，身边传来轰炸声，天空挂着明晃晃的照明弹。"趴下！别动！"领导大喊，我趴在地上，分不清哪是前方、哪是后方。

……

1949 年，我参加了中国人民解放军，一路随部队解放西北、解放西南，每天平均行军 140 公里。当时很小，虽然行军很苦、很累，但部队里大哥哥、大姐姐们一对一地对我的帮助、呵护，那种阶级情、战友爱深深地印在我心里，直到今天。到部队后，我被分配到宣传队参加排练节目，带着《兄妹开荒》、《白毛女》、《刘胡兰》、《王贵与李香香》等表演唱和小合唱节目，到基层连队为战友们演出、辅导，进行阶级教育。当时全国刚解放，部队流动性大，没有条件装备宣传队，只能走到一个地方再向当地老乡借衣服、借道具。这样的条件使我得到了锻炼，更能吃苦，更善于与人交流。10 月份，部队接到命令要参加抗美援朝，我们宣传队又赶排新剧《打击侵略者》，到各部队进行战前教育和鼓动宣传工作。

女战士表演

　　1950 年 12 月，我们宣传队随部队入朝。一路上看不到一间完整的房屋，耳边不时响起轰炸声。见到被炸弹炸着火的房子，我们就奔入火海中帮助抢救朝鲜老乡的财物。我们驻扎在龙凤里时，正赶上美军发动细菌战，从飞机上投下各种小东西：有钢笔、小玩具、小食品等，如果无意接触到或吃下就会中毒身亡，我们向当地老乡、孩子们宣传，告诫他们千万不要随意捡拾这些东西，以免受毒害。

　　铁道兵战友们修建铁路非常艰苦，朝鲜山多，需要挖隧道、架桥，还要随时提防美军飞机轰炸。为确保运输线的畅通，架不成桥梁就建水下铁道。战友们不怕牺牲、顽强战斗，反轰炸、抗洪抢修，与兄弟部队和朝鲜军民密切配合，战胜了敌人的空中优势，创造了人类铁路历史上的一大奇迹，涌现了一大批像杨连弟一样的英雄人物。

　　随着战事需要，宣传队员也要不断提高自身的工作能力，达到"一专、三会、八能"，在每个人分散到部队基层演出时，都能独当一面，丰富战友们的业余生活。

在朝部队的文艺团体之间经常进行交流演出，使各文艺团体演出水平有所提高。国内各文艺团体也不断来朝鲜慰问演出，常香玉的豫剧、上海舞剧《小刀会》、贾作光的民族舞等。我们还时常与当地妇女、儿童和老人们联欢，进行交流与沟通。

1953年，志愿军组织归国慰问团，我和几个留守战友被安排回国，有去总政文工团参加舞训班，也有去铁路文工团学习。万合寺房东阿妮妮知道我们回国的消息后，拉着我的手依依不舍，她抽泣着说："你们什么时候再回咱们家？"她把一碗炒熟的黄豆倒进我的口袋，让我路上吃。那时，粮食缺少，这碗黄豆可是全家一天的口粮啊！平时部队也只能吃罐头食品，吃不上蔬菜，房东有时送朝鲜泡菜给我们吃，我们也经常给他们大米、罐头，就像一家人一样。

2010年8月4日，我们部分老志愿军，随友联会"中朝友好人士访问团"访问朝鲜，我有一种回第二故乡探亲的感觉，心情特别激动，真想去原来住过的地方再看看，但我们访问团不能随意行动，很遗憾。

时隔60年回到朝鲜。一到平壤，见高楼不少、山清水秀，到处是风景优美的天然景致，好似一座花园城市，是朝鲜人民在战争的废墟上建起了这座美丽的城市，各种纪念碑式的建筑也很壮观。

当晚，到"五一体育场"观看万人大型团体操《阿里郎》，节目不仅整齐，艺术性也强，很美，体现了朝鲜民族的精神，不愧是世界之最。

赵慧萍和朝鲜人民军士兵合影

　　前往锦绣山纪念宫瞻仰了金日成将军遗容。在万景台参观了金日成将军故居，他是一个普通农民的儿子，把一生献给了朝鲜的解放事业。

　　在万景台少年宫参观了各种兴趣小组活动。观看舞蹈组活动时，我禁不住脱了鞋和孩子们一起跳舞，心里非常高兴！晚上观看小艺术家们的演出，不仅感受到朝鲜民族能歌善舞的一面，更看到了朝鲜政府对培养下一代的责任感。

　　我们参观了志愿军司令部旧址，又分别到五个志愿军烈士陵园进行祭奠。每一次祭奠我都有不同的感受。60年前，志愿军战友们带着祖国人民的重托和朝鲜人民的深情厚谊来到这里，把热血洒在这片土地上，用年轻的生命捍卫了正义与和平，自己却无声无息地

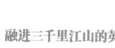

继续守护着和平。虽然你们的忠骨客葬他乡，但你们的战友们永远不会忘记你们，祖国亲人永远不会忘记你们，朝鲜人民也永远不会忘记你们，将永世相传。

有个小记者在祭奠完烈士陵园后，在车上流着泪说："人生一辈子要扮演很多角色：儿子、丈夫、父亲、叔叔、舅舅、工人、干部、教授，等等。可在朝鲜的这些烈士们，大部分只当了一个角色：儿子。"你们义无反顾地踏出国门，从此就再也回不了家，忠骨客葬他乡。我每次向家人和朋友叙述这段历史时，都含着泪水。60年一瞬间就成为了历史，是你们用鲜血、生命换来了祖国的和平和安宁。祖国现在强大了、人民生活也富裕了，朝鲜也建设得繁荣了。你们的鲜血没有白流！我们这次专程来祭奠你们，是对你们深切的思念与缅怀，祖国人民也在享受你们用生命换来的安宁，过上了和平幸福的日子。战友们！我们还会再来看望你们，后人将继承你们的遗志，把你们的功绩祖祖辈辈传下去。

安息吧！英雄的志愿军战友永垂不朽！

2010 年 12 月写于太原

重返朝鲜祭拜亡灵

李代相

　　我作为志愿军老战士，有幸在抗美援朝志愿军出国作战六十周年之际，应邀参加中国国际友好联合会，组织了8名前志愿军老战士及一名志愿军烈士的亲人，并带自己的随员子女等，组成中朝友好人士访问团，于2010年8月4日至11日对兄弟的朝鲜进行了为期七天的正式友好访问。先后访问了朝鲜的平壤、元山和开城三大市，

本文作者李代相

瞻仰了金日成同志的遗容，参观了金日成的故居、朝鲜祖国解放战争胜利纪念馆和朝中友谊塔。专程去桧仓、安州、昌道、金化以及开城五处志愿军烈陵园进行祭拜仪式，观看了朝鲜（阿里郎）大型团体体操表演和少年宫的小演员的演出。先后去开城、金刚山等重要风景区游览。志愿军老战士还同朝鲜人民军老战士进行了亲切的会面座谈等，使访问取得了圆满成功，增加了中朝友谊，缅怀先烈，加深了对朝鲜的了解。

代表团访问期间，受到了兄弟的朝鲜相关部门的高度重视和热情接待。朝鲜最高人民委员会常任副委员长杨亨燮出面接见了代表团的主要成员，朝方对外文委和中朝友协副委员长专程到机场迎送。并指派5名专职人员全程陪同访问。代表团所到之处，当地的政府官员等都以高规格的宴请接待，对代表团访问给予了很高的礼遇。赴朝友好人士代表团经充分筹备，由中国国际友好联合会副会长辛旗同志任团长，由陈祖明同志任秘书长，由志愿军老战士栾克超、孙振皋、李代相、艺兵等及烈士的亲妹妹出访。老战士们对自己能被选中出访朝鲜都感到十分荣幸，这是60年来久盼的一次难得的机会，备感珍惜。

到锦绣山纪念宫瞻仰金日成主席遗容、
到万景台参观金日成主席故居

代表团的首项重要活动，安排去平壤锦绣山纪念宫瞻仰朝鲜人民的伟大领袖金日成主席遗容。纪念宫原为金日成主席办公和生活的地方。金主席逝世后，政府将其扩建为纪念宫，把金日成主席的遗容及生前用过的遗物陈列在宫中，供后人瞻仰。整个建筑宏大、气势壮观、装修精美，环境十分优雅。

代表团着正装，经过各道手续做安全检查，到锦绣宫主楼，在低沉的《金日城将军之歌》音乐声中，我们先参观了金主席的遗物、照片。大量的勋章、礼品陈列在宫内。在《领袖和我们在一起》的音乐声中，在幽暗灯光下，我们看到了金日成主席安详地仰卧在"水晶棺"里面。锦绣宫是朝鲜人民重要教育基地，去瞻仰金主席遗容的人群都身着整齐服装，以极崇敬的心态，一队队前去瞻仰领袖遗容。

万景台位于离平壤市中心约10公里的小山坡上，十分美丽的风光，以看到万种景色的风光而得名。此处是金日成同志诞生的地方。金日成在此度过了他的童年生活，故居是由二栋低矮的茅草房相对而建，中间有个小小的院子，主房内为生活住房，次房放置各种简单的农具等。陈列的各种生活用具、农具都很原始，显示出金主席家是个贫苦农家。金主席家有几代人都是同外强侵略做斗争的革命者和烈士，是朝鲜人民模范的革命家庭。

凭吊朝鲜大成山革命烈士陵园

大成山烈士陵园距平壤市6公里，占地21万平方米，建于1957年，大门有金日成同志题词"革命烈士陵园"。安葬着166名革命先烈。并为每人铸有半身铜像，有金正淑（金日成母亲），人民称她为国母。以及金策（前线司令官）、吴镇宇（人民武装部部长）等15名金日成主席最得力的亲信革命功臣。

代表团在陵园举行了献花仪式，全体团员在团长辛旗同志带领下向烈士们鞠躬敬礼。

参观朝中友谊塔

朝中友谊塔建在平壤市的牡丹峰，是志愿军撤离朝鲜后于 1959 年 10 月建成的，塔高 30 米，是纪念 1950 年 10 月 25 日志愿军出国作战的日子，塔的正面有三个大字"友谊塔"，塔的三面雕有反映志愿军在朝鲜战场上英勇作战消灭敌人的群雕和在停战后为朝鲜恢复重建的英雄群雕。一个圆形室内放着一块一吨重的大理石基座，里面放置着 10 本 22710 名志愿军烈士的花名册，友谊塔正面刻着朝鲜字的碑文："中国人民志愿军烈士们！你们高举抗美援朝、保家卫国旗帜，和我们并肩战斗在这块国土上，打败了共同的敌人，你们留下不朽的业绩，朝中人民用鲜血结成的国际主义友谊将在这块

友谊塔

繁荣昌盛的土地上永放光芒。"代表团再次举行了隆重的祭拜仪式。

参观朝鲜解放战争胜利纪念馆

纪念馆位于平壤市普通江畔，1953年2月建成，它是一座长达200多米的3层楼建筑，面积5万多平方米。分16个分馆，陈列3000多件历史文物，其中有一馆为中国人民志愿军分馆。专门反映中国人民志愿军指战员反抗美国侵略，保卫世界和平而英勇战斗的图片、文物等。馆中有志愿军出国作战前毛主席在北京会见金日成同志的巨幅照片，以及中国发起抗美援朝、保家卫国运动的照片等，陈列有黄继光烈士、邱少云烈士、罗盛教烈士的画像和图片。有金日成主席亲笔题词："志愿军朋友们！你们流下的鲜血，朝鲜人民永远不会忘记！"在这里我看到了当年的老连长特等功臣、一级战

黄继光画像

斗英雄张永富的名字出现在陈列馆中的光荣榜上。心情十分激动，我向在场的中朝同志，激动地介绍了英雄连长张永富同志指挥我们一个连同美国王牌军美骑兵第1师2个团的战斗，血战三天四夜，夺得歼灭敌人团以下官兵1200多人的重大胜利。战至最后，全连80名官兵只剩下10多个人，仍顽强守住了阵地。全连集体荣立特等功一次。60年后，我第一次看到我的英雄连长，涕泪横流，感动得在场的参观者也为之落泪。朝鲜报纸第二天在报道中，专门报道了此情此景。

同朝鲜人民军英雄老将军亲切会见座谈

中朝两国人民全力支援志愿军和朝鲜人民军并肩作战，打败了强大的美国侵略军，取得了伟大胜利。60年后我们这些当年的志愿军老战士，又在朝鲜这块古老的土地上会面重逢了。再次相见，激动的心情、战斗的友谊，让我们紧紧地拥抱在一起，落泪不止。我们志愿军老战士同人民军老战友、将军解说员朴赞珠等进行了亲切的座谈交流，彼此都讲述了当年我们并肩战斗消灭敌人的激动心情。我们今天的会面，友谊不减当年，彼此的激动心情难以言表。我们希望中朝两国人民和军队，用鲜血凝成的战斗友谊要时代永存，万古流芳。祭拜志愿军烈士英灵

8月6日上午，代表团首先到桧仓郡志愿军烈士陵园，该处陵园是朝鲜规模最大、保存最完整的一座志愿军烈士陵园，园中有郭沫若题词"浩气长存"，一亭内竖着一块长方形大石碑，上面写着："抗

美援朝、保家卫国烈士永垂不朽！"在陵园中竖立着一座 10 米高的志愿军英雄铜像，用朝文写着"在无产阶级国际主义旗帜下，用鲜血凝成的朝中人民的友谊万古长青"。在园内一座座坟冢排列整齐，每座坟前竖立一块石碑，是 134 名志愿军烈士在此长眠。前面是毛岸英同志之墓，墓前竖立着他的半身雕像，墓碑上写着"毛岸英同志之墓"。代表团看到此情此情，悲痛至极，痛哭流涕。这是毛主席为革命献出的最后一名亲人。

代表团在此举行了隆重的祭拜仪式。由团长辛旗同志宣读祭文，他声音哽咽，心情悲痛，团员们也是悲痛至极。哭声在陵园中回荡。悲情在志愿军老战士心中激烈翻滚。在哭声中告诉战友们："祖国已经强大起来了，军队也强大起来了，你们的遗志得到了很好的继承，你们在此好好安息吧。"

祭拜铁道兵烈士英灵

8 月 6 日，代表团来到朝鲜平安南道安州郡铁道兵烈士陵园，它位于该市近郊一处高峰上。安州原是志愿军铁道兵指挥部所在地。铁道兵部队在志愿军副司令员洪学智同志指挥下，冒着敌人飞机的狂轰滥炸，用自己的身躯和鲜血建造了一条敌人"打不烂、炸不断"的钢铁运输线。大批指战员在抢修运输线中壮烈牺牲了，战后朝鲜政府征得中国政府的同意，把散葬在北方各地区的志愿军铁道兵烈士集中安葬，建造该处烈士陵园，共有 1100 多名烈士。陵墓前建造一座 12 米高、3 米宽的尖形白塔，写着"中国人民志愿军铁道兵烈士墓"。

代表团在此举行了隆重的祭拜仪式，团长辛旗同志宣读祭文，代表团有两名是铁道兵老战士代表，在纪念塔前发表感言。祭拜中有名朝鲜红领巾学生前来扫墓和我们一起参加祭拜活动。

向金化四万多名烈士致敬

8月8日代表团来到金化郡志愿军烈士陵园，祭拜在上甘岭战役、金城反击战中牺牲的40000多名志愿军英雄儿女烈士们。这是一处感人肺腑、催人泪下的大型志愿军烈士陵园。但由于离"三八线"近，道路崎岖，这次朝方对我团予以特殊批准，我们才得以成行。当我们沿着崎岖山路艰难地到达陵园墓地时，眼前呈现的是坟头满坡，石碑成林。此情此景，让代表团同志们深感悲痛，哭声四起。在陵园中，我们眼前是一堆堆尸骨组成的巨型坟堂，向右看去，著名的上甘岭阵地旧址展现在我们的眼前。

满目碑林的金化志愿军烈士陵园

我8名志愿军老战士走进战友的墓地，面对这坟头满坡、石碑林立的巨大坟堂，有的不停地念道牺牲战友的名字，有的悲痛地细看石碑上的烈士名单，有的则倒卧在烈士的坟头上涕不成声。

我手指一排排的烈士墓碑，向代表团同志们介绍说："国防大学原副校长贾若瑜将军说，当年在金城反击战役中他参加指挥一支部队攻克美军一处阵地时，伤亡了80多人，但后来为了守住这处阵地，投入了两个师的兵力，伤亡了3000多人。"

金城反击战中，我志愿军冒着敌人的炮火和枪林弹雨，赴汤蹈火，舍生忘死，前仆后继，奋勇冲击，使敌人的防线后进了 20 多公里。这里有多少山头要攻克？有多少山头要巩固？又有多少志愿军指战员为了攻克敌人的山头，守住夺得的阵地，遭到敌人的疯狂反扑，被敌人的无数炸弹、炮弹炸得血肉横飞，粉身碎骨？

金城反击战，我志愿军取得了重大胜利，迫使南朝鲜的李承晚不得不低头认输，从而为朝鲜实现停战，起到了重大作用。但是为了这场重要战役的胜利，我志愿军指战员却付出了数以万计的沉重代价。

紧握双手，表情凝重，述说友谊

我在金化烈士坟堂中紧紧握住朝鲜人民军英雄代表的手说："我们是中朝两国军队的老战友，60 年后又在先烈们的墓地重逢了，见到你，我十分地高兴，这坟墓里有 4 万多名战友牺牲了，而我们却从那场残酷的战争中幸存下来了。今天又能重逢在一起，机会很是难得啊！"人民军英雄说："你说得很对，我们人民军指战员在同美帝国主义侵略军作战中，牺牲了无数的官兵，是我们人民军指战员和志愿军指战员，用自己的宝贵生命夺得了打败美帝国主义侵略的胜利。"

我说："中朝两国军队的战斗友谊，就是用我们两国军人的鲜血和生命凝成的，这是伟大的战斗友谊。"

人民军英雄说："是的，当年我是在金城战役中同志愿军战友一起战斗的，我的任务是为志愿军部队服务，志愿军当年是同我一起战斗工作的战友，他们的名字，他们的相貌，我都还记得很清楚，当时我对一位司令员印象很深，我现在还很想念这位志愿军首长。"

我说："老英雄同志，你是凝结我们中朝两国军队战斗友谊的一位英雄代表，你用亲身经历述说了我们两国军人的革命友谊，这是十分珍贵的，虽然当年曾同你战斗在一起的志愿军战友首长今天没有来，但这种历史的记忆和战斗的友谊，会在我们两国军人的心中永远扎根，生根发芽，开花结果，世代相传。"

人民军英雄说："我常对新一代人民军同志说，当年志愿军同我们人民军并肩战斗，打败了美国侵略军，我们要十分珍惜两国军队的战斗友谊。"

我说："感谢老英雄充当了中朝友谊的传播者和继承者。我们中朝两国人民用鲜血凝成的战斗友谊，一定会永远地传承下去，愿我们中朝友谊万古流芳。"

远看上甘岭阵地旧址

我以十分激动的心情指着前方的山头向代表团同志介绍说："前方的山头就是当年上甘岭阵地的旧址。美国侵略军为挽救在夏季攻势、秋季攻势中的失败，又于1952年发动了'上甘岭战役'。敌人为了攻克志愿军坚守这处重要阵地先后投入了6万大军，动用了除原子弹以外的所有重型武器，把上甘岭阵地炸成了一片火海。把五圣山的山头炸低了2米，在上甘岭阵地上，随手拣起一根被炸断的树木，上面就扎有好多炮弹皮子。在五圣山头上，任意铲起一锹土石，当中就有数十块炮弹皮子。但是敌人的强大火力可以把我们的指战员炸得血肉横飞，却无法摧毁我志愿军指战员的钢铁意志。我志愿军指战员以赴汤蹈火舍生忘死的大无畏气慨同凶恶的美国侵略军展开生死决战，经过持续数十天的恶战，美军的钢铁战术、人海战术都失败了，6万官兵在上甘岭阵地前留下满山遍野的尸体，遭到最惨重的失败。于是把上甘岭称作'伤心岭'。上甘岭战役的胜利大长了我中朝军队的士气，大灭了美国侵略军的威风，以敌人失败和我军的胜利而告终。"

代表团的同志们，目视前方的上甘岭阵地，面对跟前的累累尸骨感慨万千，激动不已，涕声不止。说："战友们，是你们用自己的生命和鲜血筑起了一道坚不可摧的钢铁防线。祖国人民永远忘记不了你们的伟大功勋，你们创造的抗美援朝伟大精神，将在中华民族复兴的征程中永放光辉。"

满目疮痍的上甘岭

献给英雄的歌

昔日童声刚脱壳，背上钢枪上征途。

爹娘养育恩虽重，弯腰鞠躬转身走。

放弃小家为国家，抗美援朝去立功。

立志打败美国鬼，赴汤蹈火向前冲。

枪林弹雨忘生死，粉身碎骨全不顾。

同敌展开肉搏战，看谁歼敌人最多。

美军败逃尸遍野，战犯司令抱头哭。

中朝并肩称英豪，打败美帝建奇功。

英烈鲜血凝友谊，报效祖国当英雄。

（注：志愿军战斗英雄杨春增同志，原为军长李德生同志的警卫员，金城反击战，他坚决要求去第一线战斗。在作战中他表现英勇顽强，敢冲敢拼，坚决消灭敌人，不幸在战斗中英勇地牺牲了。被授予一级战斗英雄称号。当时杨春增同志年仅十七岁，本次访问团，杨春增同志妹妹杨春果应邀参加中国赴朝友好人士访问团。）

中朝两国老战士座谈交流

在朝鲜祖国解放战争胜利纪念馆中，我同两位朝鲜人民军将军解说员紧紧地握手在一起。

我说："将军同志，当年我们在共同打败美帝国主义的侵略时，我们还都是很年轻的军人，当时我才 17 岁。60 年后，我们都年过古稀了，今天的重逢，极为珍贵。"

将军朴赞珠同志说："我当时也很年轻，参加过多次战斗，看到许多战友在同敌人战斗中牺牲了，我能幸存下来也是很不容易的。"我把自己的立功证书给将军看，我说："我的立功证书记着被我歼灭的美国鬼子就有150多人！"

将军说："你一个人就消灭了150多名美国侵略军，说明你打仗很勇敢，你是个了不起的杀敌勇士。"

我说："将军同志说得很对，当时我们面对的是武器装备比我们先进的美帝国主义。我们是用冲锋枪、机关枪、手榴弹等步兵武器去对付敌人的飞机、大炮、坦克的作战。我们就是靠勇敢，靠不怕死的精神，才打败了强大的美国侵略军。有大批的战友在我们的前面，英勇地倒下牺牲了。这次我来朝鲜访问，就是要来好好看看曾为了打败美国侵略军而牺牲的烈士们；来看看兄弟的朝鲜人民军同我们志愿军并肩战斗，共同打败美帝国主义的战友们，就是要来看看曾经全力支援我们志愿军战斗的朝鲜父老乡亲们。看看我曾经走过的、爬过的、睡过的朝鲜的山山水水。"将军同志说："相信你这些美好的愿望一定会实现。"

60年后又重逢

60年前中国人民志愿军和朝鲜人民军，面对共同的强大敌人——美帝国主义发动的侵略战争，敢于赴汤蹈火，勇于舍生忘死，以劣势的武器装备同世界上国力最强大、武器装备最先进的美帝国主义侵略军顽强对抗。经过持续的艰苦卓绝的并肩战斗，终于把狂妄不可一世的美国侵略军打败了。这是世界上首次强国向弱国认输，侵略者向被侵略者认输的重大事件，这是中朝两国人民和军队在20世纪中创造的伟大奇迹，从而为世界赢得了60年的和平环境。然而为了打败美帝国主义的侵略，中朝两国军队却付出了巨大的人员伤亡，无数的革命先烈在这场世界性局部战争中，英勇地牺牲了。朝鲜战争的胜利是中朝两国军队用生命和鲜血换来的。中朝两国军队的战斗友谊是用指战员们的鲜血和生命凝成的。

60年后，当中国人民志愿军老战士和朝鲜人民军老战士在烈士们的坟地里重逢时，彼此的激动心情难以言表。一股强大的暖流，一种牢不可破的战斗友谊之情又使我们中朝两国军队的幸存者，老战士、老英雄紧紧地拥抱在一起。彼此有说不完的心里话，述不完的战友情。

到朝鲜祭拜亡灵

8月10日我们代表团专程到达朝鲜开城祭拜在三、四、五次战役中，在保卫开城和平谈判斗争中，在粉碎美军发动的夏季攻势、秋季攻势等战斗中牺牲的20000多名志愿军指战员。在这里每一个墓穴都安葬有1000多名志愿军烈士。坟前立着碑，碑上写着"中国人民志愿军烈士墓"。在这处墓地中还有一位特殊的烈士姚庆祥排长。他是在开城执行和平任务中，遭到美国特务杀害的。姚庆祥同志的牺牲，引起了中朝两国人民和全世界爱好和平的人民对美帝国主义的残暴罪行，进行了愤怒的谴责。美国在事实面前也不得不向和平战士姚庆祥同志低头认罪。因此姚庆祥排长成了全世界人民都知道的为和平而牺牲的志愿军烈士。并给姚庆祥同志以特殊的身份，单独在陵园中立上墓碑，在碑上写着"姚庆祥烈士之墓"，碑后还写着姚庆祥同志的简历和他被美国特务杀害的经过。在开城志愿军烈士陵园的前面竖立有一块石碑，由郭沫若同志题写"永垂不朽"四个大字。由团长辛旗同志带领全体团员在此举行了隆重的祭拜仪式。

代表团参观了板门店和平谈判旧址

8月10日，代表团参观了位于朝鲜著名城市开城的板门店，这是北南双方在此举行和平谈判的旧址。当年美国侵略军气势很强，把侵略朝鲜的战火烧到了中朝边境的鸭绿江边。我中国人民志愿军，经过连续五次战役，美国侵略军被打得连遭败局的情况下，向我方

板门店

提出和平谈判，经双方决定把开城作为首选谈判地点。于是在开城的板门店设立了双方谈判的具体地点。

朝鲜北南双方在此区域协议建立了"联合安全区"，并建造了20多座建筑，北方建筑"板门阁"、"统一阁"，南方建立了"自由之家"、"和平之家"等大楼，作为双方联络机构的所在地。在区内横跨军事分界线上还建立起了7座天蓝色的简易木板房，作为军事停战委员会的会议厅和中立国的工作场所。在会议厅内，正中放着一张长桌，桌上相对立地放着联合国和朝、中两国的旗帜。桌子下边地上的中间就是一条划分北南两方的军事分界线。会谈时，双方代表坐在各自的一边。

代表团到达板门店朝方的"统一阁"大门前时，就能看到南方的军事人员全副武装地站在对面。

接着我们又参观了板门店的停战签字大厅，有一千多平方米，这是在停战签字前，突击建造起来的，现在仍完整地立在板门店。大厅仍保留着双方举行停战签字仪式时的会议桌。桌上并列放着联合国和朝、中两国的旗帜。

现在板门店仍是北南双方的接触和谈判的斗争场所。今天的板门店已成为绿树成荫、花草茂盛的园林式的具有重大历史意义的游览圣地。

在参观中，朝鲜人民军和相关工作人员向代表团辛旗团长和志愿军老战士等一一介绍了当年北南双方举行和平谈判的各种情况。代表团成员听了颇有感触，并纷纷在此拍照留念。

见证停战谈判历史

我作为志愿军老战士，时隔 60 年后，重返朝鲜停战谈判旧址，更使我感慨万千。

1951 年 5 月，美国侵略军在我志愿军连续五次战役的打击下，连遭失败，大批美军当了俘虏，被迫从鸭绿江边退至"三八线"以南。为了挽回失败，找到喘息机会便主动向朝中方面提出举行停战谈判。于是朝鲜的停战谈判便商定在开城举行。

我志愿军第 47 军第 139 师在完成抢修朝鲜顺川飞机场的施工任务后，便又奉命开赴朝鲜开城地区执行保卫和平谈判的艰巨任务。这是经志愿军总部从广大志愿军部队中特意选派的一支最可靠的步兵师，担任这项光荣任务。

我所在的志愿军第 416 团 2 营 5 连又被选中作为参加中朝方面组建的警察大队中的第二中队，直接到开城联合安全区，执行特殊的警察任务。在敌我双方举行的停战谈判中，美方蓄意采取了各种手段破坏、干扰、拖延停战谈判的顺利进行，使停战谈判受到严重阻碍。

在执行警察任务中，我亲眼目睹了敌方谈判人员坐着直升机从南朝鲜飞抵开城板门店降落，表面上是来同中朝方面进行停战谈判，而实际上却在谈判桌上毫无诚意，并且提出了各种无理要求，借口什么美国方面有空中、陆地、海上的作战优势，要求朝中方面无条件地对他们的所谓优势予以补偿。要中朝军队退出大片区域来补偿给美军方同时又借用谈判的机会，大肆调动部队，紧急备战，进行新的军事行动。耍尽了反革命的两手策略。当其无理要求遭到朝中方面严词拒绝后，美军方面又狂叫："那就让机关枪、大炮去辩论吧。"出动飞机轰炸安全区，于是又向朝中部队的阵地先后发动了所谓"夏季攻势"和"秋季攻势"。派武装特务残酷杀害了我志愿军和平战士姚庆祥同志。

但是无论美军如何施尽各种伎俩破坏停战谈判的顺利进行，却都被朝中方面予以一一揭露而连遭失败。敌人施展的种种反动策略，也无一得逞，美军发动的夏季攻势，在志愿军和朝鲜人民军的痛打下，彻底失败了，继而发动的秋季攻势，又在志愿军第47军等部队的坚决打击下遭到了可耻的失败。最终在我志愿军金城反击战的铁掌重击下，美方和南朝鲜的李承晚由于失败才不得不在朝鲜停战协定上签了字。

朝鲜战争实现停战，在世界上首次出现强国被弱国打败，侵略者向被侵略者认输的历史事件。这是正义战争的伟大胜利，是中朝两国人民和军队为世界和平创造的伟大奇迹。

走进彭德怀司令员坑道指挥部

我访朝友好代表团全体同志于8月6日专程到中国人民志愿军总部烈士陵园祭拜毛岸英烈士等，并去志愿军彭德怀司令员曾指挥百万志愿军指战员同朝鲜人民并肩作战打败美帝国主义侵略军所在地，司令部指挥部的坑道。当我们走进坑道数十米深后，就是彭司令员指挥作战室，此处坑道也是彭德怀司令员同金日成同志共商作战大计的地方。中间有一张木桌，北侧挂着一张巨大的指挥作战图，另有二处洞子为休息室。坑道中仍是滴水不止，十分阴暗、潮湿。在这里除了坑道稍宽外，和前线指战员坚守的坑道，没有区别。而彭德怀司令员就是在这样的条件极差、极为艰苦的坑道环境中，住了三年，指挥百万志愿军打败了强大的美国侵略军。我作为一名志愿军老战士，看到此情此景，对彭德怀司令员的崇敬心情难以言表。

在坑道里，我漫步在想，当年我们冒着敌人飞机大炮坦克等强大的火力，同敌人浴血奋战时，我看到朝鲜的城市、乡村被敌人飞机炸为废墟时，看到无数朝鲜人民惨死在美帝国主义的屠刀下面时，不都在时刻担心着我们的彭德怀司令员住的司令部安全吗？后来当知道毛主席的儿子毛岸英同志就是在志愿军总部被炸牺牲的时候，更是加重了我们广大志愿军指战员对彭司令员的担心。

在漫步中，我情不自禁地沿着坑道潮湿的洞壁，想着摸着那潮湿的岩石壁，从内心里发出呼喊："彭司令员，你好伟大啊！在躲避敌人做梦都想毁掉的曾给他们置于死地的志愿军总部时，是这条简易的坑道保护了您的安全，让敌人的阴谋破碎了。"我的长子李杰，也特意从坑道壁上用手抠下一小块岩石说："爸爸，咱把这块小岩石带回家去，石头虽小，它可是见证彭司令员战斗历程的珍贵文物啊。"我说："儿子，想得好。"

在坑道里，代表团的同志们都以一种神奇的心态，一种不可思议的心态，仔细地听解说员的讲解，回想起彭司令员在这里废寝忘食、舍生忘死策划着一个个惊心动魄的战役，胸有成竹地指挥着百万大军，同美帝国主义展开殊死决斗，宁可粉身碎骨，也要彻底消灭敌人，表现出一位中国司令员那种气吞山河的英雄气概。

我和代表团一位老战士说："今天看来这不过是一个简陋的山洞子，可就是这处山洞，在当年的美国侵略军的司令官眼中，可是做梦都想找到它，绞尽脑汁想要用最残忍的手段，将这个山洞炸毁掉。因为这个小山洞在美国司令官心中，可是置他们于死地的神奇之洞啊。"

但是敌人的阴谋失败了，这处朝鲜国土上的山洞显示出坚不可摧、固若金汤的防护能力。我们的彭司令员，凭借这处简易的坑道，导演了打败第二次世界大战以来，规模最大的一场反对美国侵略的世界性局部战争。当朝鲜停战协定正式生效后，彭司令员又在这处山洞中写下了一个中国指挥官的浩然雄风。他铁骨铮铮地向全世界宣告："在经过三年的激战之后，资本主义世界最大工业强国的第一流军队被限制在他们原来发动侵略的地方，不仅没有越雷池一步，而且陷入了日益不利的困境。这是一个重大的国际意义的教训。它雄辩地证明，西方侵略者几百年来，只要在东方海岸上架起几尊大炮就可以霸占一个国家的时代一去不复返了。"

祭拜毛岸英同志

亲爱的毛岸英同志：

你在这里已经长眠 60 年了。你知道祖国人民是多么想念你吗？你晓得你的父亲、家人是怎样思念你吗？我们这些你当年的战友已想你 60 年了，这次我们代表曾经和你共同战斗的老战友，代表你的父亲、家人，代表 13 亿中国人民专程到这里来看望你。这不单因为你是毛泽东的儿子，更是因为你是中华民族中最优秀的英雄儿子，最可爱的人。

当年你曾在苏联学习时，德国法西斯发动了第二次世界大战，为了反对德国法西斯的侵略，你义无返顾，奔向反法西斯的战场，同苏联红军一道打败了德国法西斯的侵略，你为保卫苏联作出了自己的贡献。

"二战"结束后，你回到了自己的祖国，回到了你父亲的身边。但是美帝国主义又发动了侵略朝鲜的战争，把战火迅速烧到了中朝边境鸭绿江边。当自己的祖国又受到美帝国主义侵略威胁时，你又义无返顾，离开你自己刚结婚的妻子，离开自己的父亲毛泽东，浩气昂然地奔向抗美援朝、保家卫国的战场，反抗美帝国主义的侵略。为了早日打败美帝国主义，你不顾自身的安全，勤奋工作，加班加点，

毛岸英结婚照

在残酷的朝鲜战场上，你没有把自己放在领袖儿子的地位上，而是把自己当做中华民族普通一员，把自己放在志愿军普通一员的位置上，严格要求自己。不幸的是你太看重工作了，让敌人钻了空子。你没有能躲开敌人的炸弹，光荣地献出了自己年轻的生命。你成了毛主席家族中为保卫祖国反对美帝国主义侵略而牺牲的最后一位亲人。你的牺牲不单使你的父亲和亲人悲痛至极，祖国人民同样为你的牺牲，悲在大江南北，痛在千山万水。

祖国人民对你的不幸牺牲同在朝鲜战场上牺牲的千千万万英雄儿女一样，当做自己心中最悲痛的事件，同时把你们用自己的鲜血和生命创造出打败美帝国主义的伟大精神，当做中华民族最宝贵的财富，决心用你们创造的伟大抗美援朝的精神建设祖国，建设军队。今天我要告诉你毛岸英同志，你们的鲜血没有白流，伟大的中华民族在你们伟大精神的激励下，现在已经强大起来了，军队也强大起

刘松林与毛岸英塑像合影

来了，你们的革命遗志得到了很好的继承和发扬。你们的英名永存千古，你们的伟大精神将在中华民族的复兴征程中永放光芒。

安息吧，亲爱的毛岸英同志。

你的战友李代相

2010 年 8 月 8 日

坟头哭忠魂

当我倒卧在用战友尸骨堆起的坟头上哭得悲痛欲绝时，强烈地感受到英烈们的忠魂在感动着我，在震撼着我。在这处志愿军烈士陵园中有被凶残的敌人杀害的我第 47 军的和平战士姚庆祥同志；有在敌人的被俘营中同敌人做坚决斗争而遭牺牲的大批不屈战士；更有在粉碎敌人秋季攻势作战中冒着敌人炮火赴汤蹈火、舍生忘死，同敌人英勇搏斗而壮烈牺牲的大批战友。这 20000 多烈士的大坟墓给我们留下了无数的英雄壮举，他们虽然都牺牲 60 年了，但是在我的记忆中当年战友那一张张熟悉的面容又再次重现在我的眼前。我泪流满面地对战友们说："您还记得我吗？您还认得我吗？我就是当年你关心我、帮助我、教育我的那个 17 岁的小战士李代相啊。整整 60 年了，我已经是 77 岁的老人了，但是你们在我的眼中，还是一个个 20 多岁的大哥哥和我最亲爱的班长、排长啊！今天我和部分老战友从已经强大起来的祖国，从你们的故乡专程来到这里看望你们。60 年来你们的音容笑貌，你们的英雄壮举始终在我的记忆中浮现着，我总想找机会回到朝鲜来看看你们，今天我终于实现了我久盼的愿望。虽说三尺土下，就是你们的累累尸骨，但在我的眼前，你们还是活灵活现、有血有肉、有情有义的兄长和战友啊。我要告诉你们，亲爱的战友，祖国没有忘记你们，你们的家人在思念着你们。你们的遗志在祖国大地上已经变成了一种伟大精神，这就是你们用生命和鲜血铸就的伟大抗美援朝精神。你们的伟大精神，已经成为建设祖国、建设军队的强大物质力量。好好安息吧，我最亲爱的战友。

用鲜血凝成的中朝友谊万古长青

在中国人民志愿军入朝作战六十周年之际，中朝友好人士访问团团员，中国人民志愿军的老战士们深情回顾了他们在朝鲜的战斗岁月。他们坚信，两国的传统友谊必将得到进一步深化发展。

志愿军老战士孙振皋说："当年我们志愿军高举抗美援朝、保家卫国的旗帜入朝作战，转眼60年过去了。当时我们与朝鲜人民军在同一战壕中同生死、共患难，为抗击共同的敌人英勇战斗，最终取得了胜利。这次重新回到这片洒满志愿军勇士鲜血的土地上，我的心情无比激动。特别是在朝鲜党和政府的特别关心下，中国志愿军烈士都被安葬在风景秀丽的地方，烈士墓也得到很好的维护和管理。这让我非常激动。岁月流逝，风云变幻，但在抗击美帝国主义侵略的共同战斗中，中朝两军和两国人民创造的丰功伟绩将永放光芒。"

志愿军老战士李代相在参观朝鲜祖国解放战争胜利纪念馆时说："这些照片让我重温了中朝两国军队和人民并肩战斗、取得胜利的历史。从中国人民志愿军奔赴朝鲜战场的第一天起，朝鲜人民就积极、全心全意地支援我们的战斗。在激烈的战斗中，我多次负伤，但能作为中国人民志愿军的一员参加抗美援朝战争是我的骄傲，也是我的荣誉，这些都将永远珍藏在我心中。中国和朝鲜是山水相连的友好邻邦。历史证明，中朝友好合作关系在两国领导人的关心下不断发展，它已深深扎根于两国人民心中。"

志愿军老战士王仁山怀着激动的心情说："我至今都无法忘记一位普通朝鲜妇女的样子。刚接到丈夫阵亡通知书的她强忍悲痛，为保障志愿军车辆顺利通行，她奋不顾身参与修复被敌人炮火炸断的桥梁。由于美帝国主义的侵略，包括她在内的无数朝鲜妇女遭受了巨大的不幸和痛苦。看到她们，我们发誓要报仇，在每个战场都给敌人致命的打击。朝鲜人民英勇不屈的斗争精神将会一直传承下去。"

志愿军老战士艺兵说："朝鲜战争时，我是中国人民志愿军文工团的团员。我们到志愿军和朝鲜人民军的部队去演出，为战士们鼓舞士气。到现在我还清楚地记得，1952年我到东海岸人民军的一支部队慰问时，他们的副队长，抗日革命勇士，为我们讲述了为反抗日本侵略者，朝鲜革命家与中国人民一起奋勇战斗的故事。在抗日战争、中国国内解放战争、朝鲜战争时期，两国军队和人民在艰苦卓绝的战斗中成为了同甘苦、共患难的战友和兄弟。通过这次访问，我深切地体会到，中朝友谊确实牢不可破、坚不可摧。"

志愿军老战士栾克超说，虽然是几十年后再次踏上朝鲜的土地，却像回到故乡一样亲切。他说，美帝国主义的炮火几乎把平壤夷为平地。美帝国主义曾夸口，朝鲜花100年也无法恢复重建。但朝鲜人民就是在这片几乎被破坏殆尽、形同废墟的土地上建成了这座美丽的城市。看到朝鲜人民以自力更生、艰苦奋斗的革命精神建成的纪念碑式建筑，十分感动。中朝友谊经受了历史的考验，在实现共同宏伟事业的奋斗中不断得到巩固和发展。两国军队和人民用鲜血凝成的中朝友谊万古长青！

重逢

我和当年曾在朝鲜战场上同在志愿军第47军的两位老战友，谭中芝（141师）和孙振皋（第140师）又一次一同被选中参加中国国际友好联络会组织的中国人民志愿军老战士赴朝友好人士访问团，为纪念志愿军出国作战六十周年重返朝鲜访问时，从内心感到为第47军而光荣和自豪。我们虽说各自的家乡相距遥远，也互不相识，但是革命道路让我们会拢在一个部队第47军。又一同参加了抗美援朝这场大规模的世界性局部战争。谭中芝同志是当年第141师的女干部，孙振皋同志是第140师的英文翻译，我是第139师的战士。我们彼此的经历、职务不同，但是我们是同在一个战场上为共同打败美帝国主义的侵略，做出了自己的贡献，为第47军争了光。时隔60年后，我们又从百万志愿军老战士中，一同被选中参加赴朝友好人士访问团，对兄弟的朝鲜作友好访问，使我们有机会重逢在一起，到兄弟的朝鲜看到了曾从我们的前面，在我们的身边英勇牺牲的战友们；看到了曾与我们志愿军并肩战斗的朝鲜人民军；看到了曾全力支援志愿军打败美国侵略军的朝鲜人民；看到了我们曾经走过的、爬过的、趟过的、睡过的朝鲜战场上的山山水水，今天已经被英雄的朝鲜人民建设成和平、安宁、强大、幸福的新朝鲜，为此备感亲切和自豪。

当我和孙振皋同志站在我们第 47 军的和平战士姚庆祥同志墓碑前留下合影时，心中充满了对牺牲战友的怀念和崇敬，同时为姚庆祥同志惨遭美帝国主义特务杀害，而感到万分悲痛，同时对凶残的美国侵略者，充满了深仇大恨。生死战友的重逢，使我吟出：

当年风华正茂，一同抗美援朝。

冒着枪林弹雨，胸有正义志高。

不畏艰难险阻，不怕飞机大炮。

勇于舍生忘死，战在一条堑壕。

打败美军侵略，共为胜利骄傲。

今日重逢赴朝，增强中朝友好。

十一岁的志愿军女战士

当我和志愿军老战士艺兵同志背向上甘岭阵地旧址，面向英烈们的坟头合影时，彼此都感到思绪万千。艺兵同志当年入朝时，才 11 岁，是志愿军铁道兵文工团年纪最小的舞蹈演员。一个 11 岁的小女孩，在父母的怀里，她还是一个活泼可爱的小姑娘，但是当美帝国主义发动了侵略朝鲜的战争，把战火烧到中朝的鸭绿江边时，祖国受到了美国侵略的威胁，艺兵这个还是幼小孩子的胸中，却燃起了要参军入伍去抗美援朝、保家卫国的熊熊烈火。于是她带着豪情壮志，毅然离开自己亲爱的爹娘，投入到中国人民志愿军的行列中，当上了一名志愿军战士。艺兵同志以自己的实际行动给我们留下了颇为传奇的一段血色经历。

我看着面前的艺兵，便联想到我参军时也才17岁，比艺兵同志大6岁，我的哥哥、弟弟、妹妹曾为我参军送行时流下那担心的眼泪。还记得很清楚，我在丹东市出国前，住在市民院中，一位姓崔的大妈问我说："小同志，你这么小的年纪，就去抗美援朝，到朝鲜去打仗，你的父母放心吗？"入朝后，在残酷的朝鲜战场上，我被困难、疾病折磨得不成样子。在战场上，我被敌人打得死去活来，伤痕累累。先后十三次与死神擦肩而过，相比之下，才11岁的小艺兵，她的经历能比我轻松吗？可是艺兵同志说："当时，因岁数小，行军、施工、排练、演出，尽管有团里的领导和同志们的关心帮助，但还是被累得哭鼻子，掉眼泪，可累归累，哭归哭，每到一上舞台演出时，我什么都忘记了，只是一门心思把舞蹈跳好。用我的舞蹈，鼓励战友们去冒着敌人的飞机炸弹抢修一条条公路、铁路，使我们的汽车、火车把大批作战物资运到前线去打败美国鬼子。"是啊，今天的艺兵同志说得很简单，可这简单的话语，在当时可是充满着泪水和艰辛的付出啊。

我和艺兵同志的交谈，都回到了当年同样的心态之中，在参观朝鲜志愿军纪念馆时，我兴奋地看到了连长张永富的事迹，他是五连的功臣，战斗英雄，我情不自禁地向代表团团长讲起了张永富连长的英雄事迹，边讲边哭，艺兵同志等也边听边流泪，后来艺兵同志说："李老，你们连长的英雄事迹太感人了，我们听了也都流眼泪了。"正是这种心态，使我们又回到了当年的时代，回到了那同困难、眼泪打交道的难忘时代。虽说我们当年相隔较远，互不相识，可我们今天能同在一个团坐在一起交谈时，一种充满血色经历的战友之情从我这个 77 岁的老战士心中油然升起。我把当年的小艺兵，今天的志愿军老战士，当做自己的亲妹妹看待。我为在晚年又结识了这样一位老战友，这样一位大妹子而感到无比的荣幸和自豪。

朝鲜著名游览胜地"金刚山"

代表团在辛旗团长率领下，专程前往金刚山观光游览，感触颇多。这是建筑在一处海岸边，在这里可见奇石林立，松树茂盛，绿树成荫，天空湛蓝，海水清澈透明，铁索桥、观光亭、休闲阁尽收眼底。全体团员在此处兴高采烈，欢声笑语，留下了一张张难得一见的风景片。去金刚山游览也使代表团同志实现了早就想到此一游的心愿。

访朝取得圆满成功

由辛旗团长率领的部分志愿军老战士组成的"中国赴朝友好人士访问团"在志愿军出国作战六十周年之际，对朝鲜进行了为期七天的友好访问，受到朝鲜全国友联等部门和高层领导的高度重视，给予了高规格、充满友谊和兄弟般情谊的接待和关照，使访问取得了圆满成功。代表团结束访问时，中国驻朝大使馆对代表团举行晚宴招待会。

代表团在结束访问前，对朝方举行了隆重的答谢晚宴。朝方中央友联副委员长亲自出席答谢会。

此次答谢会，把中朝两国的战斗友谊推向高潮。答谢会持续近三小时。中朝两国的战斗友谊成了答谢会的主旋律。会上祝酒拥抱，欢歌载舞，群情高涨，场面十分感人，互祝访问取得圆满成功，互祝中朝两国人民用鲜血凝成的战斗友谊万古长青。全体同志共同唱起了《金日成将军之歌》和《中国人民志愿军战歌》，答谢会在一片欢快声中结束。

紧握双手，传承友谊

当朝鲜领导人杨亨燮副委员长的手同我紧紧握在一起时，一种亲如手足的中朝两国人民的兄弟般友谊进一步得到巩固和加强。

杨亨燮同志在接见中国赴朝友好人士访问团同志时说："朝鲜人民将继续巩固和发展朝中友好关系。"他回顾中朝两国的战斗友谊时亲切地说："中国人民志愿军入朝参战距今已经 60 年了，现在回忆起来仿佛还是昨天的事情。此次访问团拜谒中国人民志愿军烈士墓并与朝鲜老兵一起回忆当年的并肩战斗，这些情景非常令人感动。朝中两国人民的友谊是用鲜血凝成的，这样的友谊世界罕见，朝鲜人民将一代接着一代爱护好志愿军烈士墓，把老一辈领导人缔造和培育的朝中友谊继续推向前进。"

杨亨燮副委员长的接见及讲话，使我回忆起 1953 年 8 月 15 日到平壤参加朝鲜停战庆祝大会时，我志愿军英模代表团受到朝鲜人民的伟大领袖金日成主席和志愿军彭德怀司令员亲切接见时的情景。

使我亲切地感受到，朝鲜的老一辈领导人创立培育的中朝两国人民的战斗友谊，在新一代领导人手中得到了巩固和发展。

访问团团长、中国国际友好联络会副会长辛旗同志说："在朝鲜访问期间，我们时时处处都能感受到，中朝两国人民之间的深厚友情，朝鲜人民精心管理和爱护志愿军烈士墓令人感动。"

我作为一名志愿军老战士，为中朝两国人民和军队用无数生命和鲜血凝成的战斗友谊，得到进一步巩固和加强，感到由衷地感激和欣慰，我祝愿中朝人民的友谊万古长青。

战火回溯

黄子奇

岁月如梭，伟大的抗美援朝战争已六十周年，作为一名老志愿军战士，回溯战火纷飞年代，激情沸腾，难忘故事，记忆犹新。

抗美援朝

我是广东省普宁市人，从小受方方大哥影响，十六岁便弃学离家，到解放区参加革命，做儿童团工作。新中国成立，组织上看我还小，

本文作者黄子奇

让我回家继续念书，1950 年我到广州读初中未毕业，朝鲜战火烧到鸭绿江，全国掀起反美侵略浪潮，我校也上街游行示威，声讨美帝罪行。

1951 年 1 月 1 日，我投笔从戎，响应党中央号召，参加"抗美援朝，保家卫国"，在中山纪念堂听叶剑英司令员报告后，即北上去湖南湖北中南航空预校学习，结业分配到南京空军司令部指挥所工作，并于 1952 年 2 月初，冒着天寒地冻，随南空司令部奔赴丹东前线。

我在中朝联合空军司令部指挥所，负责接收雷达情报，将敌我双方飞机位置，标示在作战地图上，供指挥员指挥我战鹰交战。我们的指挥员是聂凤智司令员，副指挥为袁彬、张本善两位师长。指挥所设在四道沟地下室，很安全。我们日夜值班，不怕疲劳，越是大机群空战，动力越足，满腔热血献给抗美援朝，有诗为证：

热血青年志高昂，投笔从军上前线。日夜战斗所岗位，保家卫国作贡献。

保卫大桥

我志愿空军的战斗任务，是不惜代价，不怕牺牲，誓死保卫鸭绿江大桥、丰满发电站和丹东人民的安全，投入战斗后，几乎每天都有大小空战。从清川江到鸭绿江，主要集中在鸭绿江上空，双方飞机少则二百架左右，多时达四五百架次，不值班时往外看，满天都是飞机。敌人是 F80、F84、F86，我们是米格 16、米格 17，一般 F80、F84 来轰炸大桥、发电站和重要设施，F86 负责高空掩护。我们米格 16，专打 F80 和 F84；米格 17 拦截 F86。

轰 炸

从1951年至1953年停战，我志愿军空军，共出动飞机2.6万多架次，击落敌机330架，击伤95架，经常能看到敌机在空中中弹爆炸或冒烟火坠落江中，战绩辉煌，有力地保卫了鸭绿江大桥，保证了钢铁运输线的畅通。大桥和铁道兵是大功臣，祖国的骄傲，有诗为证：

祖国蓝天有尊严，鸭绿江桥不容犯。敌机胆敢来侵略，粉身碎骨是下场。

彭大将军

1952年底的一天，是我参战以来最激动的，我们接班一会儿，袁彬副指挥叫大家坐好，随即高兴地说：同志们，告诉大家一个好消息，我们志愿军彭德怀司令员，要来我所视察，看望大家，要肃静、热情、有礼貌、守纪律。大家答：是。

十点钟左右，彭司令员在刘亚楼司令员和刘震、聂凤智司令员等首长陪同下，健步走入指挥所，全体工作人员立即起立致敬。只见彭总身穿志愿军军装，身体强壮，神采奕奕，大将风度。他操着湖南口音亲切地说"同志们好！"大家一起立刻回答："首长好！"接着，他走到指挥桌，仔细观看作战地图上敌我飞机态势，时而询问聂司令作战情况。然后他讲了下面至今难忘的话：同志们，现在朝鲜战场上的形势是好的，我们已把美帝国主义及其雇佣军打回'三八线'去了。但是，我们的空军还不能夺取朝鲜制空权，地面运输经常受到敌人袭击，战略物资无法顺利运往前线。他停顿一下，提高嗓子坚定有力地说："如果我们的空军制空权能控制到'三八线'，我三个月内就可以把敌人赶出朝鲜！"（这两句话我记得最清楚）

六十年过去了，现在来重温彭德怀司令员的话，又令我回想起毛主席对他的高度诗评："谁敢横刀立马，唯我彭大将军！"

长空怒风

我志愿空军飞行员很年轻，绝大部分是从陆军挑选出来的战斗英雄，学习训练三个月即冲上蓝天，同飞行数千小时的"二战"王牌飞行员交战，真乃英雄虎胆。

我们参战的空军部队，有1、2、3、4师和12、15师等。其中空3师战绩最佳，共击落击伤敌机三十多架，有名的"王海大队"，就是3师9团2大队长，他本人击落击伤敌机九架。副指挥袁彬同志就是他们师长，真是强将手下无弱兵。该师的战斗英雄最多，有王海、刘玉堤和孙生禄等。

讲到孙生禄同志，我回想起那次空战，那天轮到我值班，敌人共出动 F84 和 F86 三十多批一百多架次，我们不停接雷达报告，将批次、架数、航向、速度和高度，迅速标在图上。侦听也报告，敌人屡炸未逞，发疯要炸毁鸭绿江大桥，破坏钢铁运输线。聂凤智司令员果断命令 3 师等部队起飞迎战，要把敌机拦截在清川江附近，不许闯入鸭绿江大桥一带。经过激烈空战，我志愿空军共击落敌机六架，大桥安然无恙。孙生禄同志是王海僚机，他不仅出色掩护大队长，自己还击落敌机两架，但返航时被敌机咬住不放。飞机中弹，他为了祖国，急刹机和敌人同归于尽，英勇壮烈牺牲。他一共击落敌机五架，被授予空军英雄称号。

各部队涌现的战斗英雄与集体还有：李汉、张积慧、赵宝桐、韩德彩等。为表彰志愿军空军的英勇作战，杀敌立功，威震长空，中央首长书赠四个大字"长空怒风"。我们指挥所篮球队，便取"长空"作为队名，有诗为证：

年轻战鹰虎豹胆，敢同王牌来较量。长空怒风似利剑，敌敢来犯必灭亡。

入朝作战

我们志愿军空军参战，除飞行员从天上过江作战外，大部分人员在丹东一带。由于空军条件好些，放假能坐汽车上市区。这样，部分陆军老大哥不服气，编了一首顺口溜送给我们："抗美援朝不过江，保家卫国不拿枪，坐着汽车到处跑，稀里糊涂混个纪念章。"

1953年春，冰天雪地，情报获悉，敌人在发动上甘岭战役和细菌战失败后，又梦想在西海岸清川江口登陆，妄图像在仁川那样切断合围我军。为粉碎美帝野心，志愿军总部给空军任务就是：不惜一切代价，坚决炸沉敌登陆舰，万一炸不沉，驾飞机撞击敌舰，同归于尽，不许其阴谋得逞。

为坚决执行总部命令，更好指挥我战鹰作战，空联指决定在价川设立前方指挥所。这样，我们前指人员，便于深夜乘车跨过鸭绿江进入朝鲜，天亮后车队走高山三级公路，避开敌机轰炸，但因冰雪封路，我和几位战友坐的汽车，差一点滑下深崖，幸被几棵大树

中国人民志愿军跨过鸭绿江

挡住才幸免于难。三天才到达价川，立即进入大山洞，和朝鲜同志一起展开紧张作战准备，战友们开玩笑说：我们的纪念章不是混的了。

美帝玩弄假和真打，阴谋被我们识破后，看到我军反登陆准备充分誓同它决一死战，只好放弃登陆计划，在中断六个月之后，又重坐到板门店谈判桌上来。有诗为证：

雄纠纠跨鸭绿江，反击敌人登陆战。前指入朝价川设，理所当然纪念章。

光荣回国

1953年夏，冰雪融化，和平终于到来。美帝迫于伤亡惨重，既打不赢又遭国内外反对，无奈于7月27日在停战协定上签字。消息一出，中朝军民和祖国人民以及全世界欢欣鼓舞，热烈庆祝。我们前指人员以及陆军战友，从大山洞里奔跑出来，和朝鲜人民军激动握手，振臂高呼：停战啦！和平了！不久，祖国人民派慰问团来战地慰问演出，赠送瓷杯、笔记本和毛巾等纪念品，还有一枚"和平万岁"奖章。茶杯上写着"最可爱的人"，战友们激动万分，高喊："祖国万岁！"

但是，我军并没放松警惕，为防止敌人冒天下之大不韪，反而加强戒备，直到总部下令，指挥所通知，我前指作战人员才兴高采烈地坐车光荣回国，一路上还受到朝鲜军民洒泪相送。我们这次是欢欢喜喜、鲜花飞舞、趾高气扬地跨过鸭绿江，光荣回国。

回到丹东空联指，战友们热烈握手，互致问候，首长也来慰问。连续一周，大家唱歌跳舞，开怀畅饮，打球娱乐和照相留念，沉醉在一片喜悦之中，幸福无比。

中朝联合空军司令部还召开祝捷大会。聂凤智司令员，还亲自到指挥所讲话慰问，说："你们是第一批空军元老，经过战争考验，很宝贵，一个也不能走，建设空军就靠你们。"

军人的天职就是服从命令，不久，我们便离开丹东，指挥所全部人员，先回到南京，后转杭州、宁波休整备战，便开赴浙东前线移在张爱萍和聂凤智等首长的指挥下，成功打响三军首次联合作战的一江山岛作战，胜利解放一江山岛。有诗为证：

抗美援朝胜利归，马不停蹄浙东挥。三军首联江山打，五星红旗飘岛中。

鸭绿江大桥

战地重游

光阴似箭，2000年，迎来了抗美援朝五十周年。我参加了志愿军老战士团访问朝鲜，战地重游。

我们先抵达丹东，当年战火纷飞，硝烟四起的土地，现在已是繁花似锦，灯火辉煌的城市；毛主席高大塑像屹立在广场中央；我们作战和体育活动场地，已是学校和医院；和农民共患难住的房舍农田，盖上了一片新楼房，英雄的丹东变美了。

我们特地登上战争开始被炸的光荣大桥，这里已成观光旅游之地，老战士们拍照留念。

我们代表团登上列车，又过鸭绿江，进入朝鲜新义州时，战争期间被夷为残壁的城市，现在街道清洁，房屋整齐，市场活跃，人民安乐，一片热闹景象。

列车经过清川江时，被炸的残铁路桥还在，这是侵略的铁证。新的铁路一直通到首都平壤，清纯的江水在歌唱。

我们到达平壤，受到热烈欢迎和款待，参观了一百米深的地铁，高大的凯旋门，朝中友谊塔和千里马标志台；欣赏了精彩的文艺表演和大图书馆；瞻仰了朝鲜人民的敬爱领袖金日成故居和坐塑像。

我们还驱车前往"三八线"上的板门店，陪同我们参观的人民军李红信中校指着介绍：这间房子就是当年双方签字的，美方从南面进入，我方由北边进去。现南北军队各守一方，李中校对我说：看到你这个老战士身体很结实，太高兴了。他还转告我们，金正日总书记说：志愿军老战士什么时候来都欢迎。并同我们照相留念。

我们最想看的地方，就是志愿军烈士墓。11月9日下午，我们乘车到开城，烈士墓就同古高丽王陵一山之隔。我们手捧鲜花，怀着敬仰心情步入墓地，正中立着中国人民志愿军烈士"永垂不朽"大石碑，同志们列队默哀、三鞠躬和献花悼念。大家说：你们是祖国的骄傲儿女，革命英雄，你们的鲜血换来了祖国的富强，人民的幸福，两国人民永远怀念你们。有诗为证：

战地重游五十周，神州大地霓彩虹。兵强马壮人民富，永保祖国星旗红。

抗美援朝　保家卫国

——志愿军俘虏管理处工作的日子里

苏祯祥

　　新中国成立不久就碰上战争，这就是 1950 年 6 月 25 日爆发的一场震惊世界的朝鲜战争，至今记忆犹新。号称三千里江山，拥有 22 万平方公里的国土，与我国东北相邻的朝鲜，原本是一个统一的国家、统一的民族，与中国关系十分密切。然而早在 16 世纪开始就被日本侵略，并当成跳板，图谋并吞中国。1900 年"八国联军"进攻中国时，日俄为瓜分中国而争战，日本趁胜强占朝鲜，中国东北南部地区也同时沦为日本控制的势力范围。

　　1943 年 2 月，美、苏、英雅尔塔首脑会议就对日作战作了交易，朝鲜问题被列为"托管"。实际上，丘吉尔和蒋介石当时自顾不暇，斯大林和罗斯福各有打算，都想独占朝鲜。日本战败时美苏军队进入朝鲜，以朝鲜半岛北纬 38°线为受降分界线，各自成立政权。从此朝鲜一分为二。南北双方逐渐由对峙发展为对抗，冲突和摩擦不断。

　　1950 年 6 月 25 日，南朝鲜军越过"三八线"向北进攻，人民军立即反击向南推进。28 日攻占汉城而后南下，势如破竹，美李军节节败退。人民军重创美军王牌 24 师，师长迪安被俘。不到两个月的时间，战线被压缩到半岛最南端的大丘、浦项、釜山。人民军占领了南部 90% 土地，眼看就要把美军赶下海，但几经进攻未能奏效。美国打着联合国的旗号，纠集了 16 个国家组成联合国军进行反扑。8 月 30 日麦克阿瑟下达仁川登陆作战的命令。9 月 15 日仁川登陆成功，战局发生根本变化。

　　仁川位于朝鲜中部，是西海岸的一个海港，离汉城 30 公里，朝鲜东西方向的"蜂腰部位"。登陆仁川意味着把南下的人民军拦腰切断，形成包围，南北夹击。人民军由于战线长后方空虚，后撤中遭到致命的损失。7 万多的人民军撤回"三八线"以北的不到 3 万，伤亡 1 万，被俘 2.2 万，近 2 万被打散上山打游击。

　　9 月 28 日"联合国军"占领汉城，10 月 7 日越过"三八线"向北推进，10 月 19 日占领平壤，长驱直入越过清川江，逼进中朝边境。先头部队距边境城市楚山 5 公里。东线向临时首都江界迂回。战争狂人麦克阿瑟狂言圣诞节之前全部占领北朝鲜。战局对朝鲜极为不利，危在旦夕。不仅如此，战争局势对中国的安全构成严重的威胁和挑战。美军飞机轰炸我边境城镇，人民生命财产遭受损失。在东南沿海，美国派出第七舰队侵入台湾海峡阻挠我解放台湾的斗争，再次支持蒋介石集团收拾残局，东山再起。美国不顾我再三警告，在忍无可忍的情况下，我国政府决定出兵抗美援朝、保家卫国。全国开始掀起抗美援朝，保家卫国运动。

一、成为敌工战线的一员

这时我正在广东军政大学，学习刚结业，学校分配我留校做文化教育工作。学校将接收来自部队的战士学习文化。全国各地声讨美国侵略行径一浪高过一浪，我们的思想做了准备，随时服从调遣。我虽参军不久，又是一名中国共产主义青年团团员，在革命大熔炉的熏陶之下，开始懂得作为革命军人要服从命令，听从指挥，顾全大局，严于律己。

中国人民志愿军于 1950 年 10 月 19 日入朝作战，因时间仓促，政治工作中的敌军工作部门不健全，缺少敌工干部。军委总政治部此时急令从各部队抽调干部加强这项工作。大约是 11 月中旬，我和四大队的岑治平、郑振通同志接到校部的通知，上级批准我们参加抗美援朝，要求我们火速赶到武汉中南军政大学总校办理组织关系到北京总政治部报到。我们于 11 月 16 日动身乘火车到武汉，办完手续后立即起程，22 日抵达北京。刚解放不久的北京，天安门未扩建，火车站就在天安门前的前门旁边，很不显眼。我们下塌在前门打磨厂胡同 60 号的总政招待所，其实是小旅舍。这年的冬天特别冷，因为第一次到北方没有经验，没有准备手套，从火车站到旅舍手提行李，几乎手被冻僵。到北京总政治部报到就意味着我们这批年轻人即将踏上部队敌军工作的行列。从此我成为敌军工作的一员。但是，当时刚参军不久，对中国人民解放军的认识很肤浅，什么是敌军工作？

为什么要开展敌军工作？又如何开展？毫无所知，一片空白。只有按组织上的要求认真学习，勇于实践，才有可能胜任。

总政一声令下，从各地赶来北京报到的干部陆续抵达，有来自中南、华东、华北、西北军区，大多是二十岁左右的年轻人，最小的只有 16 岁。还有北京外交部系统的干部和外国语学院师生 20 多人。到北京报到之后组成总政敌军工作队，二百来人。主要任务是入朝后从事收容管教战俘，或到一线开展火线敌军工作。出发之前，总参总政领导作了指示，在总政礼堂召开全体队员大会，萧华副主任传达了毛主席的指示：志愿军要尊重朝鲜人民，尊重朝鲜劳动党，尊重朝鲜人民领袖金日成，要爱护朝鲜一草一木、一山一水。萧副主任还简要地介绍志愿军入朝后的战况。他说志愿军 10 月 19 日入朝，10 月 25 日在温井西北两水洞与李承晚伪军遭遇，拉开了第一次战役的序幕。敌军尚不知道我军已入朝作战。各路敌军分头冒进，到处乱窜，离中朝边境 30 公里～35 公里。李伪军离得更近，占领楚山城，离边境只有 5 公里，并炮击我领土。在彭总指挥下，我军在云山与美军开始了历史上第一次交战，以劣势装备歼灭了现代化装备的美军骑 1 师一个团的一部，李伪军一个团的大部，共歼敌 15000 多人，迫使敌军溃退到清川江以南地区。

部队作战勇猛，不怕牺牲，不畏艰难，天寒地冻，冻伤的不少。前方反映，敌军好打难捉，俘虏不多。他们不了解我军的政策。敌军工作需要加强。萧副主任勉励大家入朝以后在敌军工作上做出成绩。时任总参情报部部长、外交部第一副部长的李克农也在会上讲了话。他强调听毛主席的话，并引用京剧"打渔杀家"中的台词"为父的说你打，你就打，说你骂，你就骂"，要求大家这样办。这是我参军以来第一次聆听总部首长的指示，印象深刻，认真听认真记，记在心坎里。会后总政还安排全体队员观看一场京剧，全场掌声不断。

萧副主任的讲话一针见血点出敌军工作薄弱，需要立即加强。当时志愿军里没有敌工部门组织机构，由政治部其他部门兼管。仗一打起来收容战俘的任务十分突出，当时志政派保卫科长带领敌工干部到碧潼选址，组建俘虏营。其中敌工干事有李仲苏同志（李，朝鲜族，停战后调总政敌工部任干事，后调任广州联络局任过处长、副局长）。敌军工作局面被动，总部采取紧急措施，很快就扭转。志政1951年有一个敌军工作的总结报告，毛主席阅后作了批示："敌军工作一定要加强。"我调总部工作后看过这一报告，感到十分亲切，印象极深。

二、奔赴前线，受领任务

总政工作队在北京集结完毕之后，由总政组织部徐元甫副处长领队，分成三个分队，乘火车出发前往沈阳换装。全身是棉冬装，优质黑皮鞋，鞋跟还有钉子。在沈阳休整几天，做入朝的准备工作，学习了入朝注意事项。大家情绪高涨，但也有个别队员退缩了，害怕上战场。发生一起队员开小差的事情，此人还是被追了回来。经批评教育有悔改意愿，最后归队随队入朝以观后效，不过受处分，青年团籍被开除。战争对每个人是一个考验，绝大多数能挺得住，意志坚定，动摇者只有少数。

我们入朝的目的地是先到志愿军政治部报到，听从志政的调遣。而志愿军总部不断前移，我们一再追赶都赶不上。第一次战役开始时，志政总部设在熙川西北的大榆洞。所以我们入朝路线取道吉林省通化市的梅河口跨过鸭绿江。乘坐的是拉货的闷罐车厢，车厢内无座位，只有两侧各有一扇门，无窗户，无其他设备，用水、大小便都必须停车时去解决。不过也有好处，背包一放可以当凳子，背包一打开铺上便可睡觉。一上车我们就演练防空。到了边境的梅河口，战争的气氛就浓了，不时听到防空警报。

记得跨过鸭绿江桥是一个漆黑的夜间。江对岸就是朝鲜边境城市满浦。只听见站上工作人员在黑暗中指挥机车运行，一片嘈杂之声。火车出了满浦站南行，好像蜗牛爬行，停停走走。这里距离前线并不遥远，交通线成了敌机袭击破坏的目标，铁路公路设施被破坏殆尽，火车站几乎成了平地。桥梁被炸毁，桥边弹坑累累，数也数不清。沿线军工民工抢修铁路、桥梁，冒着敌机的轰炸，不怕牺牲，不怕艰险，为了保证交通运输的通行，这种英勇精神实在可佳。没有制空权的战争，行车极为困难可想而知了。火车抵达江界站，这里是前往东线战场的中转站，部分队员下车到第九兵团报到。就在江界地区遇上敌情，部队通报，东线战场长津地区正在进行第二次战役，围歼被包围敌军，一股美军突围南逃流窜过来，通知我们暂时停车待命。幸好作战部队及时予以歼灭。这是入朝行车中遇到一次险情，有惊无险。当时我们都没有配带武器，手无寸铁，要是遭遇恐怕要吃亏的。

在火车上生活了几天，深感现代化战争的残酷，险情不断，没有制空权的战争十分被动，做好防空已成为保存自己战胜敌人的一项极为重要的工作。志愿军规定夜间行动，白天休息隐蔽。我们严格按此规定执行，天黑时上火车，夜间行车，拂晓下车找地方休息隐蔽。往往要距铁路好几里地才能找到老百姓的住处，火车开进隧道防空。敌机猖狂的程度难以想象，低空在树梢上飞行，连驾驶员都可以看到。敌机见人就扫射，见有人的房屋就炸，甚至连在地里的耕牛也不放过。城镇到处断垣残壁，一片废墟，弹坑累累。尤其交通要道破坏得更为严重。特别是桥梁，炸了就修，修好了又炸，反反复复。从保卫桥梁上可以看出双方战斗的剧烈。有一天清晨，我们下火车离铁路几里地的地方找到老百姓的房子住下，吃过早饭后全体队员都在睡觉，房外无人活动，然而敌机来了，向房屋俯冲发出震耳欲聋的呼啸声，震醒大家，幸好敌机未发现异常目标，好危险！如果这时丢下炸弹的话，能否幸存只能听天由命了。

有一天清晨天还未亮，火车好不容易抵达熙川，清川江以北的一个重要火车站，是敌机攻击的目标。我们下了火车，火车开进离城不远的隧道防空。我们步行也进入隧道防空，这列火车除运送我们之外，车上还有一个营的高炮。天亮我们遇上敌机的空袭。先是我们有一个队员下火车时丢失了一本英语字典，这是很重要的工具书，他立即返回去寻找。这时敌机突然出现，沿铁路寻找目标。只听见"嘟嘟嘟"的机关枪声。幸好这位同志没有被击中，安全归队。

敌机接着飞向隧道口，对准洞内开炮。因为火车头的烟火未熄灭，飘向洞外。敌机几炮打坏了火车头的水箱。幸运的是洞内无人伤亡，一场虚惊。大家愤怒不已。

火车头坏了，不能坐等修复。领队于是决定放弃坐火车，改为徒步行军。这对于我们来说又是一次新的考验。我们都是些学生兵，参军后虽受过一些军事训练，但对长途行军还是首次，没有经验。出点洋相是不可避免的。当时每人身上有背包、日用品、棉大衣，加上压缩饼干等，重达二三十斤。走路艰难，越背越重。最头痛的是那年冬天出奇的寒冷，大地天寒地冻，路滑难行。脚上穿的皮鞋不适合走路，打滑得厉害，走几步摔一跤，行军队伍逐渐散乱不成队形，中途休息时我们立即采取措施赶紧换上胶鞋，背着皮鞋行军。黑夜，公路上一片繁忙，卡车、马车、行进的队伍川流不息，人声嘈杂，有时十分拥挤。稍有不慎就会与别的单位混杂走散。为此领队要求每个人手臂上扎一条白毛巾，紧紧跟上，前后互相照应。然而还是有个别队员走散了。我记得有位来自湖南学校的一位老师年龄比我们稍大，那天夜里中途休息时他靠着背包睡着了，醒来时看见一队朝鲜人民军正在行进，他以为是自己的队伍就加入他们的行列，后来才发现跟错了队，还好五天之后他才归队。

夜间行军防空成了重要任务，敌机在重要交通要道上严密封锁，不时丢照明弹挂"天灯"，轰炸扫射。一有警报公路上行军的队伍车辆即在公路旁隐蔽疏散。防空措施十分独特，沿公路若干距离设置防空哨兵，长达数十里。只要敌机一来，防空哨兵立即向天空鸣枪报警，公路上行进的队伍、车辆立即就地防空，秩序井然，动作十分迅速。繁忙的路面一下子行人车辆便无影无踪，像变戏法一般。我们行军路过刚作过战的球场、军隅里，依稀可见这里有过剧烈的战斗的场面。城镇村落残垣断壁，一片废墟。汽油弹燃烧过的房屋，在白雪的覆盖下黑乎乎依稀可见。球场附近的一个山坳有上百辆美国军用大卡车整齐排列着，只剩下大火燃烧过的车架。这是美军来不及逃走留下的卡车，可以想象到美军败逃的狼狈相。为了不落入我军之手，敌人第二天派飞机炸毁。后来我军也学会一手，一遇上有战利品立即收缴转移。

12月下旬前方一线部队已推进到"三八线"附近，志愿军首脑机关也随部队向前转移，我们紧赶。经几天的夜行军总算顺利抵达志愿军总部所在地君子里。总部设在山沟中的一座矿山里。1950年12月底，前线发起第三次战役。1951年元旦，前线部队突破"三八线"，1月3日占领汉城。元旦这一天我们特别高兴，和志愿军的值班人员祝贺前方的胜利。总部的同志给我们送来咸萝卜干，在战地十分困难的条件下能有普普通通的咸菜十分难得，别有一番滋味，给我们留下很深的印象。

几天休整之后，部分队员分配到前方作战部队去开展火线敌军工作。其余人员从君子里折返中朝边境的碧潼郡。碧潼是座山区城市，位于朝鲜平安北道鸭绿江南岸支流的小半岛上，三面环水。上半岛时只有北面五六米宽的狭小地带与陆地相通。志愿军政治部保卫部长杨霖指派科长于忠福率李仲苏、蒋恺（任过总政联络部干事）、赵达（女，任过总政敌工部干事，后转业）、陈捷等于l950年12月初前往碧潼选址筹建俘虏营的前期工作。他们带了30多名第一次战役俘获的俘虏原打算在碧潼城区安置，不料抵达时正遇上敌机轰炸，城区较大的建筑、工厂以及部分民房被汽油弹烧毁，此地已不安全。于是，为安全起见，他们将俘虏安置在碧潼郡东面约30里的清水沟、三福沟。但这里村落小、民房小，安置不了多少俘虏，最后还是全部运回碧潼。城的北部为居民区，城的南半部安置俘虏。俘管机构设在中部，医院设在北部山坡上一座旧仓库里。

志愿军政治部派了几辆苏制戈斯69卡车把我们这批干部往回运送。1月中旬朝鲜北部气温奇低，天寒地冻，路滑难行。尤其过妙香山时车轮打滑，险情不断。翻山越岭最后终于抵达碧潼。登上半

被俘的美军

岛时，汽车是从江面上过的，江面已封冻得严严实实，车子和人在江面上行走发出隆隆的声音令人心情有点紧张。

徐元甫处长带领我们几十名队员于 1950 年 1 月 18 日深夜抵达碧潼。我们是国内派来的首批参加俘管工作的人员。然而数十人仍然杯水车薪，解决不了组建俘管机构的问题。3 月间，总政又令各大军区火速抽调干部各组一个俘管团，又向各省市抽调一批外文干部。他们陆续抵达碧潼，这才解决燃眉之急。1951 年 3 月志政报请总政批准正式成立中国人民志愿军政治部战俘训练管理处，对外称碧潼战俘营（PeotongPOWCamp）。

俘管处设在碧潼，下设登记、文娱、调研、秘书等四个科以及供给处和总医院。下辖俘管第五团（碧潼）、一团（昌城）、二团（清水）、三团（田仑）、四团（零时）、军官大队（平场里）。原东北军区政治部敌工部长王央公任主任，副主任徐元甫、席一。至此俘管机构组建基本完成，逐渐走上正轨。随着前方俘虏源源不断地送达，各团投入紧张有序的工作之中。

三、医疗保障工作一度成为工作重心

我抵达之后被分配到医务所当翻译。起初的医务所只有柳亨南、张金铭两名医生。柳是朝鲜族，为负责人。张是刚毕业的军医。柳、张两医生又是医生，又当护士，又看病又打针，工作繁忙。这时的医务所还有几名人民军的医生和护士与我们在一起。他们负责做饭，小米加"拖拉机"（桔梗）。战争环境有饭吃已很不错，最大的问

题是语言不通。我们无法沟通，只有柳医生和他们可以谈笑风生。不久，他们全部被调走。当地春夏之交，常有传染病流行。有好几个工作人员在这里染上斑疹伤寒。有一民工发高烧从热炕上跑出来病情加重而不治身亡。这时我也被染上，几天高烧不退，幸好在柳、张两位医生的治疗和关怀之下，才转危为安，个把月才好。在我病中个把月里情况有不小的变化，医务所改为总医院，迁移到山上一座旧仓库，改设简易病床。医务人员逐渐增加。医生除柳、张之外，又加了叶景宣、陈文琰、赵家鼎医生，司药张恕娟、护士长郭时儒。在当地招收了5名朝鲜女青年培训为护理员。此后不断从国内调来医务人员，成立科室，从国内运来大批医疗设备，设有外科、内科、五官科、牙科、眼科、放射科、化验室、药房、手术室。病人可以透视，也可以做手术。1952年国际红十字会派往朝鲜的国际医疗大队的第七和第十中队近200人到达，大大增强了总医院的力量，病床发展到110多张，医务人员也发展到150多人，部分医务人员分配到各团的门诊部，医务力量大为加强。

碧潼是一座山城，缺医少药。虽与中国辽宁省宽甸县一江之隔，但无口岸往来，从碧潼经新义州到达辽宁丹东市路程长达二三百公里，一旦有重病伤员难以保证及时得到治疗。所以俘管处果断地迅速加强医疗工作是明智之举，解决了医疗保障问题，医疗条件"鸟枪换炮"，从无到有，大有改观。

1951年冬末初春之际，也是俘虏营筹建初期，医疗条件尚未改善之前，遇上俘虏发病人数突然猛增，死亡人数不断上升，成为俘管工作中十分突出的问题。冬末初春，气温变化无常，是最容易发病的季节，有少爷兵之称的美国兵，体质普遍虚弱。一人感冒，满屋受感染，这是发病原因之一。俘虏营处于筹建初期，生活条件及物资供应都不完备，吃的方面主要是当地的小米、高粱、玉米、大豆。大米白面很少，蔬菜和肉类赶不上需要，小米饭和高粱饭他们又咽不下去，浪费很大。西方人不喝开水，吃黄豆喝凉水，自然闹肚子的人很多，这是原因之二。俘虏不讲卫生，住房比较挤，普遍抽烟，室内空气混浊，衣被不经常洗晒，身上、睡袋内普遍长虱子。有一个病俘入院时，我们发现他的睡袋里长满虱子，密密麻麻可以用手一把把抓，真是懒惰到了家。这是原因之三。所以，肺炎、气管炎、痢疾、肠胃炎、斑疹伤寒等疾病严重威胁俘虏的健康。尽管医生千方百计地给予治疗，死亡人数还是不断上升，每天几乎都有人死去。有的伤病俘入院时外表看好好的，说不行就不行，抢救都来不及，

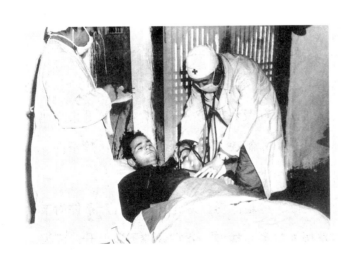

为美军战俘治疗

莫名其妙地死去。有一病俘双腿浮肿，头天晚上躺在病床上还与邻床病友聊天，渐渐不出声都以为他睡着了，可是第二天清早发现断了气，这种情况时有发生。

如何减少病员，如何减少死亡，引起各级领导的重视。正如志政杜平主任说的，我们为俘虏的健康没少伤脑筋。总医院和各俘管团采取了紧急措施，抓突击治疗，增强体质，抓根本。一是总医院和各医务所对所有重轻伤病俘尽一切所能突击治疗，加强护理。对传染病的病人进行隔离。总医院增设疗养中队，收容体质虚弱的俘虏进行疗养，让他们充分休息，适当锻炼，在伙食上给予特殊照顾，加强营养。早上有牛奶，晚上有茶点。在物资缺乏的情况下，重点照顾起了很好的作用，来疗养的俘虏健康状况很快就有明显的改善。二是各医务所对俘虏全面体检，发现问题，立即采取措施。打预防针防止传染病。三是开展群众性的卫生活动，建立集体和个人卫生制度，改善室内外环境卫生。对住房、伙房、厕所进行消毒。四是改善伙食。供给部门克服交通不便等困难，从国内运来大批大米、白面、肉类和蔬菜，基本上保证了需要。短短两三个月的时间，情况有了明显好转，到了夏天发病的人数大为减少，死亡也得到了控制。

处理死亡俘虏也是一件重要的事情。根据《日内瓦公约》有关规定，俘虏死亡的尸体、尸骨、骨灰、遗嘱、遗物等都要交换。并且要有医生出具的死亡证书。妥善处理死亡俘虏是我军宽俘政策的组成部分，人道主义的体现，同时它还关系到板门店停战谈判和对外影响的问题。遵照俘管处的指示，总医院把这项工作列入议事日程，由我负责。伤病俘一入院就进行登记造册，建立病历。一旦死亡，立即制作死亡证书。内容包括姓名、军号、军衔、年龄、被俘日期和入院日期，诊断治疗情况，死亡原因等，由医生填写和签名。连同死者遗嘱、遗物和身份牌（美军官兵每人随身携带两枚铁片制成的身份牌，他们自称狗牌）一并送交俘管处存处。

死者的埋葬由医院的民工负责，不举行任何仪式。但按美国人的习俗不火化，而用棺木单个土葬。埋葬时将一枚身份牌放在尸体上，以供日后挖掘时识别尸骨之用。这一点美国军方想得特别周到。墓地选在平缓的山坡上防雨水冲淹的地方，坟与坟之间留一定间隔，坟头插上木板钉的十字架作为标记，木板上书写死者姓名、军号、军衔、死亡日期。我在医院工作期间曾根据俘管处的指示查看过几次，坟墓及标记均完整无损。

医疗工作能在不长的时间里取得进展，一方面是领导重视，另一方面是医务人员辛勤劳动，发扬救死扶伤的结果。为了保家卫国，抗美援朝，医务人员克服种种困难，以实际行动来贯彻执行宽俘政策。我和医生护士日夜相随，目睹他们忘我地劳动，认真负责，精心治疗的精神给我留下了深刻的印象。同时，他们得到了广大俘虏们的称赞。总医院收容的大多数是比较重的伤病俘，有的入院时已奄奄一息。医生们总是尽其所能，细心诊断治疗，护士们按时打针送药。对不能自理的重伤病俘，护士喂水喂饭，端屎端尿，细心护理。不少重病俘经过医务人员的精心医治起死回生，恢复了健康，他们对志愿军给予的治疗十分感激，说医务人员给了他们"第二次生命"。

美俘肯容·瓦纳被俘之前得过肺结核，被俘后旧病复发而且加重，入院时他的身体瘦弱，"好比是一具骷髅"，上室外晒太阳都要护士抬出去。医生反复检查并给他用了稀少的盘尼西林、链霉素、肺病特效药的 PAS（对胺水扬酸）等。经过一段时间的精心治疗，终于得救，把他从死亡线上拖了回来。体重由入院时的 95 磅（1 磅等于 454 克）增加到出院时的 135 磅。19 岁的美俘二等兵罗纲得·乐夫对医生和护士治好他的病感激不已，他说医生每天查病房时态度和蔼，面带笑容，耐心询问每个病人的情况和要求。他对叶景宣医生和护士特别感激，说："我永远忘不了姓叶的医生，我今天能够活着，要感谢他和护士们。"总医院有一个年龄较大的炊事员，负责每天给伤病员送水送饭，分发点心和水果，因为他关心体贴病人，态度和蔼，深受病俘的欢迎和爱戴，叫他"PAPASAN（爸爸）"。有一个病俘这样说："他待人的态度友好，关心体贴人，我永远记得这位慈祥的 PAPASAN，犹如是自己的父亲。"医院经常收到表扬医务人员的感谢信，其中有一封由门那尔等 9 名病俘出院后联名写的热情洋溢的感谢信，后来刊登在《俘虏营画册》上。这封信的全文是这样的：

致全体医生和护士：

　　我们原是碧潼总医院的病人，特写这封信来表达我们感谢之情。深谢你们为我们所做的一切，感谢你们辛劳的工作。你们在极其困难的条件下，克服困难，使我们得以恢复健康。

我们的身体非常健康，体重比以前增加了，回到了中队，我们得到很好的待遇，伙食非常好，医疗条件也不错，我们相信在俘虏营里再也不会得病了。

我们被中国人民志愿军俘虏时不明白宽待政策是什么意思，但在住院之后我们体会了宽待政策的含义。我们不是被以敌人相待，而是以朋友相待。在医院里，我们像是你们自己的亲人一样，我们从内心里感激你们为我们所做的一切，终生难忘。

这封信虽简短，却很有代表性，它真实地反映了俘虏发自内心的思想感情，可以看出救死扶伤、化敌为友的成效。

四、虚心学习，勇于实践

1951 年 10 月中旬，我调往俘管 3 团工作。3 团团部位于碧潼东北五六十公里地的渭源郡，这里也是崇山峻岭连绵不断，山高林密，人烟稀少。郡政府与团部所在地是两山之间的开阔地，居民较集中，有一所中学和操场，3 团团部全体工作人员大会和全团俘虏运动会就是在这里召开的。交通上有一条沿鸭绿江公路，通往碧潼、昌城（俘管 1 团所在地）、楚山。春天江上解冻，江上行舟比公路舒适。两岸青山，满江绿水，景致优美。3 团团部设教育、宣传、审处、供给等股，下辖 5 个俘管中队，分布在渭源郡沿江地区，范围广而分散。唯一的公路穿过俘管中队的驻地，人车往来不断，给管理造成诸多不便，我们很担心俘虏与外界串通发生事故。第一、三中队在渭源郡 3

团团部附近，第二中队在渭源郡以西约 5 公里的田仑里，第四、五中队在渭源郡东南约 3 公里的榆坪里。团部安排我到第二中队当翻译。

调我到中队当分队翻译担子加重了，要参与对俘虏的管教，不只是技术性地当译员。我们的职称分为中心教员、教员助理、教员。英语称老师 INSTRUCTOR。这意味加大我们的责任。心中不安的是没有基层工作经历，没有做过俘虏工作，心中无底。还有一个问题是英语不过关，只懂一些生活用语，比一点都不懂英语的行政干部来说强一点。当他们的口译有难处，我有点后悔当初在马来西亚念书时对英语兴趣不大，不想吃洋饭。所以英语水平一般般，以致现在胜任不了工作。这时才领悟到"语言是一种工具"。没有精通的外语是做不好工作的，这促进了我努力学习英语的决心和信心。

第二中队工作人员有 10 余人，队长、指导员、两个分队长、通信员、事务长及炊事员。教员只有周民兴和我。中队的俘虏不足百人，分编 2 个分队，每个分队 3 个班，班长由中队指定的俘虏担任。俘虏大多数是第三次战役在"三八线"以南被俘的，老兵少、新兵多，有的新兵入伍到朝鲜不到一个月就当了俘虏。俘虏的成分中工人、农民占多数，其次是学生、自由职业者和商人。初中以上文化占 80%，少数读过大学。全部信教，主要是基督教和天主教。入伍的动机主要是失业，找不到合适的工作或者没有钱上学。有的羡慕美军待遇高，又可周游世界。俘虏中白种人居多数，黑人、墨西哥和波多黎各等少数民族 30 余人。种族之间有明显的鸿沟，白人不愿与其他种族一起生活，黑人和少数民族在白人面前显出低人一等。

俘虏的思想特点是普遍思家厌战，有浓厚的民族优越感，对新中国和共产党了解甚少，误解甚多，少数盲目反苏反共。

要做好俘管工作，团部特别强调首先对管理俘管的工作人员的政策教育。它不仅直接影响俘虏的管教，还影响我军的国际形象。俘管工作人员来自全国的四面八方，有军队官兵、地方工作人员，乃至民工。绝大多数是年轻人，做过敌军工作的只有极少数，政治政策水平和工作能力参差不齐，加上战俘成分复杂，参战国的战俘有13个国家之多，大家对这些国家的情况了解甚少，有的根本不了解。对《日内瓦公约》更是毫无所知。所以对俘管工作人员来说，面临新问题，一切都得从头学起。现实生活中，其实对宽俘政策在认识上存在许多问题，如"宁左勿右，左比右好"，"花力气把他们养胖，放回去还是敌人"，等等。感情代替政策，对不听话的随意训斥，甚至打骂体罚，态度生硬，不尊重人格，甚至用威胁手段。有一中队长把一个不听话的俘虏带到野外假枪毙，这件事影响很坏，后来这位干部被撤职调离。个别的干部还拿战俘的私人财物，如金戒指等。也有崇美恐美思想，对战俘低三下四，有一女翻译对战俘态度暧昧被调走。这些虽是个别的，但影响极坏。俘管处、团领导不断总结经验教训，提高工作人员的思想水平，给我们最大的教育是懂得"政策是党的生命"，要以身作则，时时刻刻牢记正确执行落实党的政策。

之后不久，第二和第四中队合并，撤销第四中队。原因是第四中队收容的是被认为表现不好的俘虏，老兵较多。采取军事管制、强制劳动改造，有"反动队"、"劳改队"之称。实践证明，这种集中一些表现差的俘虏，采用强制性的办法是不可取的，既不利于管教，又不利于对外斗争，容易被敌人钻空子。所以将第四中队的俘虏编为一个分队，并入第二中队。第二中队由田仓里搬到榆坪里，分3个分队。队长姓魏，指导员姓张，中心教员周民兴，圣约翰大学学生，英文水平很高。教员有苏庞慈，广西大学生，还有何华堂、刘以及我。3个分队长、司务长、上士、通信员及炊事员共10多人。大家都很团结，一心为工作。

根据团部的部署，中队对战俘的教育按俘管处的《教学计划和大纲》，由中心教员组织实施，分三阶段进行，即宽俘政策教育、管理制度教育、基本政治教育。总的要求是把俘虏营办成学校，使俘虏受教育，成为拥护和平、反对战争的力量。教育方式是集中时间，由教员上大课，分组讨论。宽俘政策教育着重讲清志愿军宽俘政策的意义和内容，我工作人员对宽待政策的态度。在讨论中俘虏畅谈了被俘时受到志愿军宽待的感受，不仅不打骂，伤病给予治疗。为确保他们的生命安全还带领他们防空躲炮。他们通过亲身感受，开始揭露美军对官兵的欺骗宣传，如造谣说"共产党比德日法西斯还要残酷"、"'二战'中日本不就残酷对待俘虏吗！中国人也都是亚洲佬啊！"、"一进入俘虏营将强迫服劳役直到老死或饿死"、"如果不逃跑，你永远别想出去"，等等。这欺骗教育对他们的影响很大，到俘虏营之后他们心中仍有团团疑虑，一怕治罪，二怕服劳役。经过教育，这些疑虑逐渐消除了。

管教他们的教员都称为老师 INSTRUCTOR，关押俘虏的地方一般想象是关押犯人的监狱，岗楼林立，铁丝网环绕四周，探照灯机枪对着他们。而我们驻地周围不架设铁丝网，也不建围墙。只在路口和山上设哨位。在警戒线以内的地区自由活动不受限制，但是有严格的制度和纪律，对违纪犯罪将受到惩处，甚至送军事法庭判刑。这些对俘虏很有教育意义，反映很好，有的说："在任何国家里找不到像这样的俘虏营。"有的说："尽管我们现在物质条件差一些，但它是世界上最好的俘虏营。"西方有很多人原以为当了共产党的俘虏必定投入监狱进行专政，认为志愿军的俘虏营不架设铁丝网，没有围墙是一种"宣传"。直到1953年夏天国际红十字会小组来探视俘虏营时，有的代表还特意调查俘虏营四周究竟有无铁丝网或围墙，并亲自察看后说"真不可思议"、"百闻不如一见"。其实俘虏过的是俘虏又不似俘虏的生活。

　　关于基本政治教育对俘虏思想有所触动，但效果不佳，急于求成，要求过高，脱离了俘虏思想实际。基本政治教育是从美国资本主义发展史讲起，分若干单元上大课，内容有资本主义制度对劳动人民的剥削和压榨、美国两党政治是虚假民主、帝国主义五大特征、帝国主义是资本主义最高阶段、战争是阶级斗争最高形式等。试图以阶级观点使俘虏对资本主义社会的腐朽没落、美帝国主义侵略本质、社会主义制度美好而必胜有所认识，并通过联系俘虏的阶级本身，使俘虏认识美帝国主义发动侵朝战争的非正义性，战争的危害，和平的可贵。实施的结果表明，期望几次大课和讨论，让俘虏接受马列主义基本理论，改变他们的观点是不现实的。每次大课之后反映都很强烈，普遍说"摸不清头脑，名词含义弄不清楚"、"太枯燥乏味"。特别是讲述美国政治制度和生活方式不理解，接受不了。有的认为"这是高压推销"，落后分子则说这种教育是"宣传"、"洗脑"，敌对分子借机攻击，说"讲美国政治是虚假民主，讲美国侵略是对美国的诬蔑"。

在学习讨论和个别交谈中，不少俘虏认为苏联军队参战，被俘后看见过有苏联军事人员，认为这场战争是苏联扩张的结果。与我们的观点针锋相对，自然受到我们的驳斥，从正面引导他们从帝国主义侵略本质来认识这个问题。

这场战争实际上是当时美苏两大阵营矛盾激化的结果，美苏双方各支持企图通过武力统一朝鲜的两个政权。战争爆发后，斯大林为避免与美国直接冲突而爆发第三次世界大战，要中国出兵支持朝鲜，苏联出尔反尔，最后不出兵，只派空军飞行员和高炮部队驻防辽宁地区。苏联要求保密，小心翼翼，苏空军人员穿我军军服，飞机上标志改为我空军标志，指挥上不用俄语通话，禁止到一线作战，怕飞行员被美方击落抓到口实。解密的资料显示，苏空军人员是参战了，作战地域不是夺取战区制空权、保障运输线、掩护志愿军地面作战，而是在中朝边境地区，朝鲜清川江以北。从 1951 年下半年开始，我们在中朝边境地区的碧潼，经常看到空中有空战，天空晴朗时，清楚地看到我空军与美机空战，相互追逐、格斗的情形。不时有飞机被击落，飞行员跳伞。我们的空军能作战了，当时何等高兴，后方安定了许多，敌机不敢那么猖狂了。作战的空军中有苏联飞行人员，有几次苏军飞行人员被击落跳伞在朝鲜边境获救，护送回中国，坐卡车路过俘虏营驻地，我们得到上级通知，要保密，不要让俘虏看到。保卫鸭绿江桥、发电厂的高炮部队，也有苏军参与，火力猛烈。发电厂离我们驻地有几十里地，有一次晚间敌机来轰炸，战斗异常剧烈，高炮的响声震耳欲聋，震得我们的窗子哗哗直响。有一次探照灯照上一架轰炸机被高炮击中，亲眼看到飞机坠毁。我们好高兴，要是飞行员不死的话，又给我们增添新的俘虏了。

俘虏说过见过两个苏军人员在前线，实际上是两位欧洲的记者。一是英国工人日报记者阿兰魏宁顿，一个是法国人道报记者贝却敌。他们是左派战地记者，经常在前线采访，俘虏见过他们不奇怪。有一天这两位记者来到田仑二中队采访俘虏的生活，有一位俘虏跑来告诉我，来人是他们在前线见过的苏军人员，我笑笑未立即作答。不久这两位记者自我介绍，并说有人把他们也当成苏联军人，引来一阵笑声，澄清了一些误解与猜测。

战俘的管教工作，大家都在紧张不懈的探索之中，1952年6月下旬，志愿军政治部在碧潼召开第二次敌军工作会议，总结一年来部队的敌军工作和俘管工作，研究即将到来的交换战俘的准备工作。这次会议精神的传达学习使我们大开眼界，深受鼓舞，倍增信心。从这次会议后到1953年8月俘管工作结束的13个月的时间里，俘管工作很活跃，有很大的进展，我印象较深的几点：

1 充分发挥群众性的组织，以俘教俘是切实可行的。

为适应对外斗争的需要和符合《日内瓦公约》的精神，这次敌工会议确定俘虏营机构的名称和组织作了某些改动。俘管处的教育科改为文娱科，宣传科改为新闻科，审处科改为登记科。各俘管团的股也相应地改为文娱股、新闻股、登记股，并把群众性的组织俱乐部作为对俘虏实施教育的机构，由文娱科和文娱股主管。中队增设文娱助理员，负责俱乐部的指导工作。俘管3团部分中队也作了调整，第二中队和第四中队合并。第四中队的俘虏并入第二中队，驻地在榆坪里，编成三个小队。黑人和少数民族集中在一小队，原二中队的俘虏编成二小队，原四中队的俘虏编为三小队，部分军曹调往第五中队。班长和小队副都由俘虏担任。

俱乐部是中队俘虏的群众性组织，合并后的第二中队重新组建俱乐部，下设学习、生活、文体、卫生等委员。俱乐部的活动均由俱乐部的骨干出面组织，由中队文娱助理员苏宠慈从旁指导，出谋划策，但不包办代替。俱乐部活动的开展，对俘虏的教育不再是死板的上大课和分组讨论，而是化整为零，以俘教俘。把教育的目的和内容贯穿到俱乐部的活动中去，有机地结合起来。主要是充分利用广播、墙报、图书资料、放映电影、专题讲座等。这些教育形式中我感到图书资料和专题讲座发挥的作用更大一些。二中队的图书阅览室有俘管处发来的中国、苏联、美国、英国出版的英文书籍数百册，政治书有《资本论》、《美国资本主义发展史》、《苏共总书记波立特传》等，文艺书籍有不少名著如莎士比亚的作品、高尔基《我的大学》、《鲁迅选集》、美国的《钢铁城市》等，报刊有《英国工人日报》、法国《人道报》、《人民中国》等。此外还有西班牙的书报，但数量和种类不多。图书管理员约翰·邓恩是一位爱学习的积极分子，捷足先登读了不少书报，工作责任心较强，图书资料管理得有条不紊，很受欢迎，来借书看报的人络绎不绝。当然读书看报的人各有不同的动机，有的是想寻找真理，究竟是中国人讲得是对的还是美国人讲得是对的，是资本主义制度好还是社会主义制度好。这种对政治发生兴趣，在思考问题的人是少数。多数俘虏是好奇，在美国和美军中根本看不到这些读物。一是消磨时间，二是可以增加知识。个别思想反动的俘虏阅读马克思的《资本论》，扬言要和共产党做斗争。

专题座谈会安排在晚上，在图书阅览室内进行，人员不固定，有时一二十人，有时多达三四十人，把图书阅览室挤得满满的，不时有剧烈的争论。主持人是俱乐部主任阿尔伯特·比尔洪米，大学文化程度，爱看书报，看问题比较客观，在俘虏中有一定威信。座谈会的内容多数是与俘虏切身利益相关的朝鲜战争形势和板门店谈判的问题。1951 年 7 月 10 日板门店谈判一开始，美方就无诚意。12 月 11 日进入第四项议程关于战俘安排问题的谈判，原以为战争终结时交战双方交换战俘既有历来国际战争的贯例，又有公认的《日内瓦公约》的约束，这个议题不应该是一个难以解决的问题。然而美国设置种种障碍，寻找种种借口进行拖延，企图扣留中朝战俘，虐待中朝战俘。1952 年 8 月 5 日双方都已拟好停战协定草案，只等签字，然而美方无意执行，又在 10 月 8 日宣布无限期休会。美方所作所为引起俘虏的愤慨和反感，使俘虏受到深刻的教育，看清了问题的实质。是谁要战争？是谁要和平？是谁拖延谈判？是谁虐待俘虏？不言而喻。美国的表现成了极好的反面教材。拥护和平，反对战争，要早日与家人团聚成了俘虏思想的主流。中队的墙报、广播稿以及大量的家信都强烈地反映了这些内容。俘管处新闻科和被俘的美联社摄影记者诺尔来中队组织广播家信和俘虏生活图片时，俘虏积极主动配合，不再顾虑回国时受迫害，透过广播家信和图片，向美国、向世界发出他们的要求和呼声。诺尔在二中队拍摄不少俘虏生活的照片发往美联社，其中有一张司机出身的扎切拉赫·福特和木匠出身的汤姆斯·卡罗兰两人收到家信时满脸笑容的图片，后来刊登在《联合国战俘在朝鲜》的画册上。可见以俘教俘收到了很好的效果。

文体活动是俱乐部活动中群众性最广泛、人数最多、最经常的项目。球类有篮球、排球、乒乓球、羽毛球等，还有单双杠、举重、哑铃、扩胸器等。鸭绿江是美好的天然游泳场和滑冰场，夏天游泳，冬天滑冰。俘虏对橄榄球特别有兴趣，但是没有场地无法开展活动。在俘虏强烈要求下，中队决定在住地附近山坡上修建球场。斜坡大约有 15 度，土石方不少，然而俱乐部一发动，俘虏积极响应，十多天的时间硬是把斜坡铲平修成简易球场。橄榄球赛是一项十分剧烈的运动，双方夺球争地盘，俘虏称之很刺激。球员要有强壮的体格，勇敢灵活，配合默契。对持球者对方夺球时，可以推拉压直到把球抢到为止。因为没有头盔和护肩，碰伤、鼻青脸肿经常发生，但是他们的玩兴不减。

3团定于1952年10月举行全团俘虏运动会，11月俘管处在碧潼举行全俘虏营运动会。为迎接运动会的召开，俱乐部组织力量选拔运动员，加紧训练。召开运动会本来是一件普遍的事情，然而俘虏却感到意料之外，很受感动。运动会如期举行时，俘虏的反映十分强烈，有的说："做梦都不曾想过当了志愿军的俘虏，不仅不受虐待，除了吃好之外，还召开运动会。"有一个俘虏说："在运动场上，我几乎忘记自己是一个俘虏。"二中队俱乐部主任阿尔特·比尔洪米代表俘管3团参加全俘虏营运动会的工作，他说："在碧潼召开像这样的全战俘营运动会是创造了世界历史纪录。"在工作中我们都有体会，俱乐部大力开展活动，不仅活跃了俘虏的生活，锻炼了身体，使他们感到志愿军对他们无比关怀，感情距离拉近了，

美军战俘的文体活动

促使俘虏思想向好的方面转化。三小队美俘维柏，原是第四中队收容的俘虏，生活懒散，情绪不稳定。自中队决定开展橄榄球活动并加入球队之后完全变了样，精神振作了起来，以后成为了积极分子。1953 年 8 月间俘虏临遣送的前夕，他向中队提出不愿直接遣返回美国，而愿意留下到中国。他是二中队 5 名不愿回美国的其中之一。

2 行政管理工作是俘虏工作中重要的环节，要与思想工作相结合。

　　俘虏是被迫放下武器的敌人，虽对我军宽俘政策已有体会和认识，但他们的基本政治立场和观点未发生变化，有一些俘虏在相当一段时间里对我们的态度始终是对立的，这一点不能有所忽略。俘虏营四周不架设铁丝网或建围墙，并不意味着俘虏放下屠刀立地成佛，都老老实实地听从管教。这是因为驻地是偏辟的山区，有朝鲜当地政府和人民的支持协助，俘虏想逃也难以逃出这个地区。只有运用行政手段严加管教，迫使俘虏从不自觉到自觉地接受我们的管教。当然管教的方式与监狱看管犯人的专政方法不同，在营区给予一定范围的自由。管教上以思想教育为主，建立各种管理制度，以制度管人，以理服人，必要时实施纪律。

　　行政管理工作要与思想工作相结合。俘虏的思想是复杂的，常因形势变化引起思想波动。板门店停战谈判反复无常，美国在谈判桌上达不到目的时就用军事手段，采取所谓"绞杀战"、"空中封锁"，狂轰滥炸朝鲜北部。1952 年 5 月间连有明显俘虏营标志的昌城、江东俘虏营也遭到美军战机的轰炸扫射，死伤俘虏多名。在巨济岛上虐待迫害中朝战俘，甚至公然违反国际法进行细菌战。形势的变化使俘虏思想动荡不安，担心战争继续下去，美方虐待迫害中朝战俘，中朝一旦报复，他们就要吃苦头。所以1952年上半年俘虏思想比较混乱，许多俘虏的情绪消沉，违法现象不断发生。少数坏分子气焰嚣张，煽动闹事和逃亡。3团某中队已发生一起两名俘虏逃亡被捉回来的事件。接着我所在的二中队也发生一起逃亡未遂事件。一名俘虏伪装种地的朝鲜老百姓，背着箩筐，在营区麦地假装劳动，企图偷越警戒线时，被哨兵一眼识破扣押起来。3团团部依据《日内瓦公约》有关规定召开了军事法庭，对这两起逃亡事件进行审判。两名逃亡被捉回的俘虏被判了刑。而二中队的俘虏尚未越出警戒线，认错态度较好未予判刑，释放回中队管教。军事法庭的审判，对俘虏的震动很大，既教育了广大俘虏，又打击了坏分子的气焰。二中队发生逃亡未遂事件，反映了管教工作中有漏洞。这名俘虏作逃亡准备时偷偷留存并晒干米饭锅巴馒头作为干粮，我们一直没有发现。为此，中队加强教育的同时并加强对炊事班的监督和管理，重申任何人不得存留干粮，并经常检查。

俘虏在资本主义社会腐朽生活的熏陶下长大，沾染了许多恶习，诸如偷窃、吸毒、赌博、打架、调戏污辱妇女等，不时在俘虏营中反映出来。打扑克赌钱，因输钱而闹翻打架时有发生。我们发的香烟，有的俘虏嫌烟不够劲，偷偷在野地里采集类似大麻的有刺激性的草晒干后抽吸，其味十分难闻。调戏污辱妇女在美军中是司空见惯。有的俘虏身上带有春宫和裸女图片，我们一发现就没收。俘虏的驻地没有老百姓居住，但俘管 3 团第二、四、五中队的驻地有一条公路从驻地中间穿过，不时有过路的朝鲜老百姓。俘虏一见妇女就起哄，吹口哨。有一次两名朝鲜妇女过路，二中队几名俘虏大喊大叫，讲下流话，上前追赶，吓得妇女直跑，我们立即制止。这一举动已超越一般的起哄，几名俘虏受到严厉的批评，给予口头警告，如再有骚扰调戏妇女的事情，将以纪律论处。这次教育起了作用，此后有了收敛。

要使俘虏遵守各项制度，遵纪守法，达到管教的目的，主要是靠正确地执行宽俘政策，遇到问题时要冷静耐心，以理服人，尊重人格，切忌粗暴简单，动感情发脾气，训斥挖苦，更不可感情代替政策，欲速则不达。在工作中要警惕违反政策的思想，如认为"俘虏可气，不整不行"，"对俘虏爱怎样就怎样"。3 团某中队一领导干部违反政策，对一违纪的俘虏采取恐吓手段，把俘虏拉到江边用手枪假枪毙，引起俘虏的惊恐和反感，造成极坏的影响，结果该领导干部受处分并调离，通报全团干部以此为戒。高压手段是政策所不允许的，事实上压而不服。要使俘虏口服心服，就要经常深入到俘虏中去，调查了解和掌握情况，不偏听偏信，也不要完全依靠俘虏骨干的汇报。小队副和班长往往怕得罪人，不敢大胆管理，不敢如实反映真实情况，有的还会应付我们，所以要不断检查他们的工作。有一次检查室内卫生，有一班的住房有一股酒味，一查从睡炕下翻出一坛米饭酿的酒，这肯定不是一人所为，班长也不会不知道。经调查，原来这个班每顿多打饭，留下部分做酒。抓住这件事，班长及全班受到严厉的批评，指出粮食是按人定量供应，多拿就是侵占别人的定量，也就是侵占其他俘虏的利益，同时又违反了中队禁止平时饮酒的规定。班长承认错误向中队作了检查。

对俘虏的看管要实行内宽外严。在驻地哨兵警戒线以内允许俘虏有一定的范围的自由活动空间，班与班、小队与小队正当的往来不受限制，但中队与中队之间，即便是邻队近在咫尺也禁止往来。离开住地外出公差和劳动要有工作人员带领和派哨兵看守，严格看管，不得随意离开队伍。二中队外出公差和劳动较多的是到团部供给股领取口粮、肉类、蔬菜、生活用品以及上山砍柴解决做饭和冬天烧坑的用柴。从二中队到团部往返五六里地，沿着江边公路行走，比较容易管理和看守。比较复杂的是上山砍柴的公差，因山高林密，离驻地有十来里地，俘虏手中有砍刀、斧头等工具。一到山上展开作业不易观察和控制，所以上山之前，出公差的俘虏要经过挑选和审查，可靠的才可参加。每次上山由小队长和教员带领，警卫连派出战士随队看管。有一次俘虏上山，我们在山脚下看到山坡有三个俘虏越出指定的地区，以为他们是逃跑，哨兵立即鸣枪。我们立即上山查看，原来是两根弯曲角度很大的木头，三个俘虏向下翻滚，木头却朝横斜方向滚动，越出砍柴区。这是误会，也是一场虚惊。由于组织得较好，管理较严格，外出公差和劳动未发生问题，都圆满地完成任务。

3 后勤保障工作。

我的体会不仅仅是解决人们所需的生活问题，而是最能体现宽俘政策的重要环节。中朝两国都是穷国，加上战争环境，要维持数千人的供应问题是一个大难题。数千人的供应朝鲜当地无法解决，所有物品、食品、生活用品、衣服、被褥、文化器材、图书报刊等都得从国内采购，从辽宁的宽甸、丹东、朝鲜新义州至碧潼长途用卡车运输，来回数百公里，时常还冒着敌机轰炸扫射，有两位后勤人员就牺牲在运输途中，第一批给俘虏做面包的炉子也被炸毁。1951 年，由于俘管处刚组建，供应上确实紧张，只能维持最低的基本生活水平，工作人员营养不足，有的患夜盲，有的得斑疹伤寒。我得斑疹伤寒，与我一起集中治疗的有 5 位，一位民工不治身亡。俘虏患病的不少，死亡成为问题。1951 年 4 月，俘管处正式成立，各项工作走上正轨。在后勤部门的努力之下，供应有了好转，各种物资医疗设备等源源不断地运来。俘虏的伙食有了供给标准，他们的供给标准比我们干部战士都高，相当团级干部的标准。主食都是大米白面，菜金普通灶每人 1535 元（旧人民币，下同），轻病号 2313 元，重病号 3630 元。粮食每人每天 875 克，食油、鱼肉各 50 克，白糖 25 克，还有水果蔬菜。中外节日：圣诞节、感恩节、复活节、元旦、春节、五一劳动节、中国国庆节加菜会餐，供应少量的啤酒、白酒，每人发香烟，信奉伊斯兰教的供应牛羊鸡鸭，由他们推选的阿訇宰杀。

伙食以中队为单位，配有司务长、上士、炊事班。俘虏的伙食由我们的炊事员包揽一切。"巧妇难为无米之炊"是当时难题之一，能吃上小米、高粱饭、萝卜、白菜也就很不错。战争条件下，想改善也难。俘虏有所反映可以理解，不过有一个意见却引起我们的关注，吃中餐不习惯。有一个病号发烧，我让炊事员给他做病号饭。炊事员做了一大碗面条鸡蛋，这个病号没有吃，我问他为什么不吃？他说中式做法不习惯，吃不下。这件事提醒我们，由于生活习惯的差异，尽管我们的炊事员做了极大的努力，还是难以满足他们的要求和愿望，这个难题不久得到较圆满的解决。

经过一段时间的探索，中队采取措施，以俘管俘，从班里挑选愿为大家服务，比较正直，对我友好的俘虏当炊事员，选出班长，组成炊事班，明确任务，赋予权利。组建伙食委员会，由俱乐部搜集各班的意见和建议，定期开会，协助炊事班制定每周食谱，监督中队领取的食物，用了多少，剩下多少，都有帐可查，一清二楚，月月公告食物以及伙食的情况。新成立的炊事班按照与伙委会制定的食谱和领取的食物，按西方方式做出他们认为可口的饭菜。团部下发面包炉，主食常有面包，鸡蛋做成蛋糕，肉做成牛排、羊排、鸡排。他们吃得津津有味，反应很好。我们的炊事员不再包揽伙房的事务，改为指导、监督、检查，防止标准超支，食物浪费，防止漏洞。这一改进深受欢迎，俘虏吃上好的，身体健康得以改善，他们十分感动，称赞宽俘政策是人道主义的体现。感到志愿军对他们的生活习惯的尊重，我们工作人员的表现，一举一动对他们很有影响。他们亲眼目睹工作人员伙食标准比他们低，在同一伙房做饭，从不沾他们的光，十分惊奇与感动。

4 培养积极分子是俘虏工作中不可缺少的一项工作。

要以俘管俘，各项工作都要俘虏去做，依靠可靠的积极分子去推动去完成，光靠我们几个工作人员是不行的。在日常工作中，注意观察考察俘虏的表现，有选择地将表现好的俘虏加以培养，大胆使用、锻炼。中队的分队副、班长、副班长，炊事班、俱乐部主任、各委员要是能选拔积极分子出任，工作就好做得多了。反之会遇上重重困难，如果被反动分子或不良分子把持问题就大了。

积极分子有一定标准。对宽俘政策有较好的了解，对我无敌意，主张和平，反对战争，愿为群众办事，办事认真负责，公正正直，在群众中有一定威信。

二中队与四中队合并后，经过努力，培养选用积极分子是顺利的。在中心教员周民兴和助理苏宠慈的指导下，中队工作很有起色，尤其俱乐部工作开展得风风火火。俱乐部主任阿尔伯特·比尔洪米团结了一批俘虏，带动完成了我们交办的许多任务。尤其是晚上组织大家讨论时政。当时俘虏最关心的板门店谈判，关系到他们切身利益，能不能很快回家与家人团聚的问题。我们给他们提供议论的平台，中心教员与助理常与他们共同商议议题，加以引导。

每天晚上都有许多人自由参加，有时有三四十人，常有热烈争论。

板门店停战谈判是教育俘虏极好的机会和教材。中队驻地设有广播，每天按时给俘虏收听英语新闻，他们十分关心，竖起耳朵认真收听。他们的思想情绪也随着板门店谈判的变化而变化。谈判有进展，他们高兴；谈判受阻，情绪低落。

战俘问题的谈判关系到俘虏的切身利益，这一议题于 1951 年 12 月 11 日就开始，原以为不是很难解决的问题，《日内瓦公约》有明确规定，战争一结束，战俘须立即遣返，这项公约美国还是签字国，中国当时还没有签字。谈判一开始美方使出种种手段，出尔反尔，最初在俘房名单与人数上做文章。我方对美方提交的俘房名单和人数仔细核对，发现问题百出。对方编制的名册比声称的总数少1356名，比红十字国际委员会转给我方的名册少44205名。理所当然我方要求美方交代。美方出尔反尔，一会儿说"可以交给你们"，一会儿又否认。美方对我交给的名册，也与中朝报刊、新闻、家信、广播提到过的名字进行核对，要求我方对1058名战俘作交代。经过核实，我方很快作了回答。其中726人在后送途中由于美机、炮火轰炸死亡，有的在战俘营中病死，有的已在战场释放，有的在运送途中逃亡，另322名正在清查中。

美方一开始就无诚意，先就战俘名单和数字上做文章之后，又就遣返原则进行阻挠，提出"一对一交换"、"自愿遣返"。美方违背《日内瓦公约》理所当然被我拒绝，谈来谈去谈不拢。美方采用"到会即休会"，有时到会两分钟就休会。最短的一次只有25秒，创国际会议之最。会谈僵局又搞军事压力，加大轰炸朝鲜后方，连俘房营也炸。1952年5月间，昌城、江东俘房营的俘房被炸死13人，伤72人。

美方一再拖延战争，从休会、逃会，单方中止谈判，以及发动军事攻势。上甘岭之战就是在这种情况下发生的。结果美方没捞到便宜，以失败而告终，又被我歼灭25000人。1952年11月联大开会，我方在战俘遣返原则僵持不下情况下提出立即停火，结束战争。战俘问题交由有关国家及其他国家参加的委员会去解决，又一次遭到美方的拒绝。谁要和平，谁要战争，世人越来越清楚。对美国的所作所为俘虏心中也十分明白。他们每天听英文新闻广播，抢着阅读报刊，尽管报刊来得晚了几天。俘虏问题迟迟不能达成协议，责任完全在美方的无理要求，违背《日内瓦公约》。对此，俘虏十分不满，纷纷抗议，有的发表公开信，写文章谴责美方。有的说："虽然现在已是 20 世纪，但在我们看来，我们都是被当做放在拍卖台上供买卖的商品来进行物物交换。"二中队的俘虏也不例外，不少人写信给亲友，要求其国内亲友呼吁早日结束战争，回家团聚。

以俘管俘，以俘教俘。以俱乐部为平台，由积极分子出面，充分利用板门店谈判有关材料，教育俘虏，效果很好。由于美方的阻挠拖延，俘虏的思想起伏波动很大，特别是美方迫害我方被俘人员，害怕我方及当地老百姓报复。1952 年下半年美方策划在北部登陆，扬言使用核武器，害怕战争扩大延长，少数反动分子也蠢蠢欲动。中队根据上级指示精神及时掌握各类人员的思想动向，开展工作，发挥积极分子的作用，座谈讨论，稳定思想，澄清误解，解除疑虑，直到全部遣返，都很顺利。

另一个积极分子约翰·邓恩负责图书阅览室的工作很有成效，团结一大批群众。邓恩对我友好，感激宽俘政策，平时出公差认真负责，起带头作用。他是大学文化水平，经与俱乐部商议，俘虏一致同意他出任中队阅览室图书资料管理员。团部送来报刊杂志、书籍，大多是花外汇从国外进口的。俘虏在国内，在军队中从未见过。

邓恩分类管理，井井有条，建立制度，很受欢迎。图书阅览室就在
队部门前，见到来借阅的人不少，晚上来阅览室的人更多了。后来
阅览室成了谈论时政场所。更可喜的是邓恩本人在工作中捷足先登，
阅读了不少报刊杂志书籍，思想发生转变，对美国、中国、苏联的
社会制度有了了解，对中苏两国有好感，这为他不愿回美国打下思
想基础。

　　1953 年 7 月 27 日停战。8 月中旬，二中队的俘虏与 3 团其他中
队的俘虏一道送往开城遣返回国。遣返是俘管工作最后一项工作，
也是对我们工作的检验，对战俘也是一次考验。两年八个月的俘管
工作是有成绩的，没有发生重大失误。俘虏经过管教，思想有不小
的变化，对我宽俘政策异口同声感激不尽。拥护和平，反对战争是
多数俘虏思想的主流。全中队培养出十多名有初步觉悟的积极分子。
1953 年 8 月俘虏临离开榆坪里前往开城的前夕，就有 5 名积极分子
分别向工作人员表示到开城后将拒绝直接遣返回国，而愿来中国继
续深造寻求真理。

　　俘管工作结束后，我回国在北京马驹桥总政敌工训练班学习时。
很凑巧俘管第二中队图书馆员约翰·邓恩于 1953 年冬与其他 21 名
拒绝遣返美国和英国的俘虏，被释放后来北京大学学习。总政敌工
部请他担任敌工训练班的英语教员。意外相逢格外高兴，没有想到
在俘管二中队时我是教员，而在马驹桥训练班他是我的教员，名副
其实的英语口语教员。但时间不长就离开了，后来去波兰定居。原
二中队还有一名拒绝遣返的温纳利斯也来到北京。他原是第四中队

的俘虏，一度被当成"落后分子"。第二、四中队合并之后思想有了很大变化，这位工人出身，饱尝失业之苦而当兵的俘虏，通过学习，思想认识大有提高，亲身体会到劳动人民在资本主义社会的苦楚，无地位可言。到了板门店遣返时坚决拒绝回美国而愿到中国。后在山东一家工厂当工人，结婚成家。80年代初他回美国探亲，亲戚要他留在美国生活，但他执意要回中国，愿与中国人民共甘苦。一个美国俘虏在我们教育之下，把毕生的精力献给中国，确实难能可贵。

2010 年 12 日

三集电视纪录片

《融进三千里江山的英魂》（解说词）

这些老人是中国人民志愿军老兵赴朝访问团的成员。
他们第一次赴朝参战是在 60 年前，
那时候他们都很年轻，
作为抗美援朝、保家卫国战争的亲历者，
他们对朝鲜怀有一份特殊的感情和记忆。
……

（飞机起飞　飞机播音　老兵在飞机上）

女士们、先生们，我们的飞机已经离开北京，前往平壤。由北京到平壤的飞行距离是 954 公里，预计空中飞行时间 1 小时 30 分钟，预计到达平壤的时间为下午 4 点左右。

这些老人是中国人民志愿军老兵赴朝访问团的成员。他们第一次赴朝参战是在 60 年前，那时候他们都很年轻，作为抗美援朝、保家卫国战争的亲历者，他们对朝鲜怀有一份特殊的感情和记忆。

（孙振皋　原志愿军开城谈判团英语翻译）

我是在学校里报名，中山大学报名参加抗美援朝。

（艺兵　原志愿军工程兵文工团员）

那时候还没过 11 岁的生日，就告诉我们北上，我们那时候叫做北上，北上准备入朝。

（李代相　原志愿军 47 军战士）

我是一个孤儿，朝鲜人民，朝鲜的父老乡亲，特别是一些阿爸基、阿妈妮知道我是一个孤儿的时候，都把我当孩子看待。

（飞机飞行　老战士们看着舷窗外沉思）

短短 900 公里，一个半小时的航程，思绪飞跃了 60 年。

飞临朝鲜上空，老战士们的话变得很少，他们静静地望着窗外，机翼下这绿意盎然的三千里江山，埋着多少战友的英魂。

（飞机降落滑行　机场　老战士下飞机）

再一次踏上这片土地，60 年的时空仿佛一瞬。

（志愿军老兵看窗外　平壤市景　建筑　人群　街道）

车了行驶在宽阔的大街上。

宏伟的凯旋门。

热闹的人群……

老战士们看到了和战争年代完全不同的一个新平壤。

（李代相　原志愿军 47 军战士）

现在是青山绿水，三个看不见了，炸弹坑看不见了，废墟看不见了，茅草屋看不见了。

（赵惠萍　原志愿军铁道兵文工团员）

过去那个年代和现在 60 年这么大的变化，那时我也是一个小兵，才十五六岁，现在我七十多岁了，这么大的变化，心里是挺高兴的。

（谭中芝　原志愿军政治部干事）（拿纪念章）

抗美援朝时候，我和我老伴并肩战斗，在一起工作，现在我一个人过了。抗美援朝纪念章有两枚，他一枚，我一枚，他那一枚我也带来了。

（美军轰炸平壤影像）

60 年前敌军在平壤共投下 42.8 万颗炸弹，轰炸没有给平壤留下一座完整的建筑，西方舆论曾认为平壤 100 年也难以从废墟上恢复。

（老战士游览平壤　美丽宏伟建筑）

只有经历过那段残酷历史的人，才会对这变化背后所代表的顽强意志深表钦佩。从平壤的最高点俯瞰，大同江畔规整的城市布局大气迷人。市区里无处不在的雕塑，气势宏伟的建筑，宽阔整洁的道路，英姿飒爽的女交警，穿梭有序的车辆和生机勃勃的绿化植被让这座浴火重生的名城充满了和平的气氛。

（广场上活动的平壤市民、人民军及志愿军老战士　赵惠萍与朝鲜人民军小战士们亲切合影）

看着眼前这些平壤市民和朝鲜人民军士兵，老战士们倍感亲切，他们的祖辈或者父辈可能就是和自己并肩作战的人民军战友，可能就是冒着炮火给自己送饭的朝鲜阿妈妮、阿爸基。

老战士赵惠萍和这群可爱的朝鲜人民军小战士在一起，感受到的是一股浓浓的真情。

（车上老战士挥手告别）

（赵惠萍　原志愿军铁道兵政治部宣传队员）

我现在是白发苍苍的老太太了，但是还有那个亲切感，父辈们一定给他们讲过这样的事情。

（车内老战士合唱《志愿军战歌》　当年志愿军跨过鸭绿江影像资料）

（当年跨过铁桥影像）

1950年6月25日，朝鲜战争爆发。在侵略者把战火从朝鲜半岛烧到中朝边境，严重威胁新中国安全的危急关头，应朝鲜党和政府的请求，中共中央和毛泽东同志作出"抗美援朝、保家卫国"的历史性决策。

（今天鸭绿江大桥断桥影像）

1950年10月19日，中国人民志愿军跨过鸭绿江，开赴朝鲜战场。

从鸭绿江大桥入朝的战士们曾默数着自己的脚步，一共一千五百步。

今天，这座大桥还在发挥着它的作用，当年炸毁的另一座断桥一直被保留下来，两座兄弟桥静静相守矗立在鸭绿江上。

（战斗影像）

志愿军入朝后的第6天，1950年10月25日，第40军118师便与敌人打了一场遭遇战，从而揭开了长达两年零九个月抗美援朝战争的序幕。后来，这一天被定为抗美援朝纪念日。

（长津湖实地空镜 抗美援朝影像资料）

长津湖是朝鲜北部最大的湖泊，长津湖地区自然条件恶劣，地形险恶，冬天尤其寒冷。

当年由于战情紧急，从气候温和的华东调来的部队还没来得及换上冬装，就开进了最低零下40度的长津湖战场。

（杨凤安 原志愿军司令员彭德怀军事秘书、司令部参谋）

华东部队，上海这个地方的部队棉衣薄，棉衣是1斤半棉花，北方的棉衣是 3 斤半棉花。

（李成勋　志愿军长津湖烈士陵园管理员　战争亲历者）

从现在的气象记录来看，1950 年的冬天是有史以来最寒冷的一个冬天。

（志愿军一把炒面一把雪　美军吃感恩节大餐）

11 月 27 日傍晚，志愿军在冰天雪地里扑向"美军战斗力最强的部队"美陆战 1 师和美 7 师。

志愿军穿着单薄的军装，充饥的只有几个冻成冰疙瘩的土豆和漫山遍野的冰雪，而美军却是棉衣、棉靴、鸭绒被、火鸡大餐。

在零下 40 度的酷寒里，很多志愿军战士被冻僵，但他们依然坚守在阵地上。

（杨凤安　原志愿军司令员彭德怀军事秘书、司令部参谋）

部队没有办法，耳朵就用咱们发的毛巾缠上，鞋子用稻草捆上防寒，打的时候，有的连队趴下以后就起不来了，已经冻在那儿了。

（长津湖实地空镜　志愿军战斗影像资料）

志愿军在这种艰苦条件下，给予敌人歼灭性打击，毙伤俘敌 1.3 万余人。

为此，志愿军总部向参战部队发出贺电："你们在冰天雪地、粮弹运输极端困难情况下，与敌苦战一月有余，终于熬过困难，打败了美国侵略军陆战 1 师及第 7 师，收复了许多重要城镇，取得了很大胜利。这种坚强的战斗意志与大无畏的精神，值得全军学习。"

（桧仓志司遗址外景）

朝鲜平安南道桧仓郡这座废弃的金矿洞，就是当年志愿军司令部所在地。

（朝鲜解说员）

当时这里就是中国人民志愿军司令员利用的半土掘的屋子。

每当来到中国人民志愿军司令部的时候，金日成主席跟志愿军司令员同志和参谋长同志进行会议，在这张桌子上一起吃饭。

（志愿军老战士通过隧道）

在每个志愿军战士的心目中这里是一个神秘的地方，当年所有的战斗指令都从长长的隧道里发出。这些老兵们许多都是第一次踏入这决胜千里的总部机关。

（志司坑道作战指挥室）

（朝鲜解说员介绍）

中国人民志愿军战士们在执行命令的过程中，他们的牺牲精神特别强。伟大的金日成主席高度评价中国人民志愿军发挥了他们高度的牺牲精神。

（李代相　原志愿军47军战士）

彭德怀司令员所在的司令部在我们战士里面是一个神秘的地方，这么激烈的地方彭德怀司令的安全怎么保证，在什么地方，始终是一个谜。但是相信我们的司令员所待的地方一定是敌人无法发现、无法炸毁的地方，所以，我们直到回国的时候，我都希望能够看一看彭德怀司令员指挥我们作战的地方。

（彭德怀志司作战会议影像）

当年，指挥员们不知在这里度过了多少个不眠之夜。彭德怀司令员在难得的闲暇中最喜欢找人下棋，在这盘关系到国家与民族利益的大棋局上，他和战友们取得了辉煌战果。

（当年彭德怀与金日成会谈影像　今天桧仓志司坑道指挥所洞口）

（友谊峰）

当年彭德怀司令员和朝鲜金日成主席就是在这个洞口见面，历史不可复现，但友谊峰永远巍峨耸立。

（志愿军司令部礼堂）

在严酷的战斗环境里，将士们是乐观的。

（王仁山　原志愿军汽车连连长）

那是一个冬天，我为了安全起见，我们开的苏联的嘎斯67吉普车，拉着梅兰芳、马连良、梅葆玖到这里来慰问演出。

（梅兰芳舞台演出资料）

（艺兵　原志愿军工程兵文工团员）

我们基本上都是在广场演出，因为连队有的时候在江边，稍微有块平地就可以演出，都是广场。

（部队文艺战士在阵地坑道演出资料）

舞台不只是在司令部礼堂，在每一条坑道，每一个阵地。在战斗间隙热切地看着舞台的演出，青春的生命在血与火中舞蹈，炮火是烟花，炮声是掌声。

（清川江大桥空镜　志愿军运输队过桥美机轰炸历史影像资料）

当年，美军为了切断志愿军的前线供应，特别制定了空中"绞杀战"计划，意图从空中绞杀后方运输线。

从 1951 年 8 月到 1952 年 6 月，10 个月时间里，敌人共投入 1700 多架飞机，在朝鲜北部运输线上，倾倒了十多万吨炸弹。

（黄子奇　原志愿军铁道兵）

尽管它是一座桥，可是一旦炸塌以后，整个铁路运输就断了。尤其是朝鲜，它就这么一条干线，桥断了以后，物资运不过去，前头再怎么也没办法。

（志愿军汽车兵开进　美机轰炸影像）

（王仁山　原志愿军汽车连连长）

扔炸弹也好，干嘛也好，我们一样地走。说老实话，当时思想上就有那么一个想法，活着就得干，死了也就算。活着干就是为了祖国、保卫国家，不往前方送，前方没有弹药消灭不了敌人。

（志愿军空军作战影像）

为了保卫钢铁运输线，年轻的志愿军空军以迅速提高的空战能力沉重打击了敌空军的嚣张气焰。

通过志愿军各军兵种的英勇战斗，"反绞杀战"取得胜利。

（志愿军冲锋战斗影像）

经过志愿军连续五次战役的打击，敌人逐渐丧失了战场优势。

（开城板门店影像资料　当年双方谈判影像）

1951 年 7 月 10 日交战双方在"三八线"附近的开城，一个叫板门店的地方开始了边打边谈、以打促谈的历时达两年零十七天漫长的谈判斗争。

（开城历史遗迹　南大门古钟）

开城保存了很多文化古迹，南大门的古钟是现存朝鲜三大名钟之一。

（朝鲜解说员推开南大门介绍古钟）

在这上面共有 27 处弹孔，这是当时留下的痕迹。

（板门店外等大巴车　在雨中等待）

代表团在前往开城的路上，路过了象征南北统一的三大宪章雕塑，孙振皋老人是那段停战谈判历史的参与者。

（孙振皋拿出《板门店谈判纪念画册》）

这画册里头有我的名字，这是代表团遣俘工作处遣送科，这就是孙振皋，就是我，这是我到开城中立区去谈判的证件，参加工作担任翻译的证件，这是我的签名，这是我的照片。

（雨中板门店中立区大门）

当车子快到达板门店的时候，突然遇到瓢泼大雨，让人想起当年的风雨历程。

车窗正前方的板门店大门在风雨中模糊而又冷峻。

（车子行驶在铁丝网护栏下的通道）

开往谈判区旧址的通道两边，都被铁丝网护栏围住，让人感受到紧张的气氛。

（老战士参观板门店谈判旧址）

（人民军大尉解说员介绍）

当时我方总参谋长南日同志坐在中间，中国人民志愿军副司令员邓华同志和参谋长解方同志坐在旁边。众所周知，过去朝鲜战争时期，中国人民派了自己的优秀儿女到朝鲜战场支援朝鲜人民的斗争。

（孙振皋　原志愿军开城谈判团英语翻译）

他们就想在战场上得不到的地盘、利益要在谈判桌上来取得，这是不可能的。所以后来我们配合谈判，我们在战场上粉碎了敌人的夏季攻势、秋季攻势，后来发动了上甘岭战役。

（上甘岭战役资料）

在这场被联合国军司令克拉克称为"残忍的，挽回面子的恶性赌博"中，敌军在43天的时间里向志愿军坚守的只有3.7平方公里的五圣山上甘岭阵地，倾泻炮弹190余万发，炸弹5000余枚。

（上甘岭前）

（李代相　原志愿军老战士）

飞机大炮向我们这里轰，因此这个阵地，五圣山阵地，一个山头不但没有了树木，而且把这个山头的岩石都炸低了两米，在五圣山上我们拿回来一根木头，那个木头上面就有敌人的炮弹皮子几十块。

（上甘岭前）

（栾克超　原志愿军3兵团作战科科长）

美军的阵地和志愿军的阵地，537.7高地，堑壕与堑壕，相隔50米。

（停战协定签字大厅）

（孙振皋　原志愿军开城谈判团英语翻译）

军事分界线实际上是我们打出来的，我们取得很大的胜利，我们为了朝鲜的每一寸土地付出了沉痛的代价。

（全体志愿军老战士面向上甘岭敬礼）

向坚守上甘岭阵地的英雄烈士们敬礼！

（签字大厅）

经过一系列战斗，敌人终于丢掉幻想，于1953年7月27日，就在这个一夜之间建起的签字大厅里，交战双方签署停战协定。战争结束了。

（停战庆祝影像资料）

（栾克超　原志愿军3兵团作战科长）

二十二点到了，全部停了。我们都激动地喊着："胜利了，胜利了，和平了，和平了，和平来之不易，和平是打出来的！"接着大家一起高呼："中国人民伟大领袖毛主席万岁！朝鲜人民伟大领袖金日成万岁！"

（朝鲜最高常任委员会副委员长接见老战士代表团）

（杨亨燮　朝鲜最高人民议会常委会副委员长）

确实是感慨万分，六十年前中国人民志愿军赴朝作战就像昨天似的，但是已经过了六十年。我们一闭眼睛回顾当时的情况就像昨天时候的场面一样，感慨万分。

（代表团参观共同警备区）

这排建在军事分界线上的木房是北南双方战后的谈判场所，也是北南双方关系的晴雨表。很多来访的客人一般都要来这里参观。

（老战士在警备区前合影）

（孙振皋题词）

欢庆胜利

（志愿军桧仓雕塑）

一位志愿军老兵代表全体老战士留言道，60年前一起过来的很多战友都没有回去，你们都长眠在这里了。他想对他们说，你们才是创造历史的人。

闭上眼睛静思，这一瞬间，仿佛又回到了60年前，那满山上吹响的冲锋号，鼓舞着志愿军战士一往无前，令敌人胆寒，吹响号角的，是永远不倒的英魂。

（朝鲜平壤市景主体思想塔等）

（友谊塔）

在朝鲜平壤，有许多宏伟建筑展现着这个国家的思想理念和奋斗历程。

这座巍峨耸立的碑塔式建筑叫友谊塔，是中国人民志愿军和朝鲜人民军并肩作战，用鲜血凝成的战斗友谊的象征。

友谊塔

在友谊塔中陈放着 10 本志愿军烈士名册，其中收录了 22710 名志愿军烈士的名字。

（朝中友谊塔内　老战士围观下抬开名录保函盖）

（朝鲜解说员）

在名簿里面有 180 名团级以上领导、128 名特等功勋和一等功勋的名字。

（老战士翻开友谊塔内志愿军名录）

（名录中黄继光、邱少云、杨根思、毛岸英、罗盛教等烈士名字）

打开宝函，翻开名录，满眼英烈。

老战士们热切地寻找着战友的名字。

（王仁山　原志愿军汽车连长）

（王仁山　在名录上找到战友名字）

（烈士刘兴文名字）

刘兴文，苗族的，我们一个代表团回国的，苗族，就是他。我们回国观礼代表团，51 年，二次赴朝以后，就是几个月，两三个月，听说他就牺牲了。

（栾克超　原志愿军 3 兵团作战科科长）

这是有名单的，能够找到的，有史实的，好多人都找不到啊。

（国内群众送别参军影像）

60 年前，在赴朝参战的 240 万志愿军中，有参加革命十几年的老兵，有刚刚离开家乡十几岁的小战士，有正在读书的大学生，有领袖的儿子，有工农的子弟，有新婚不久的丈夫，有年幼孩子的父亲，有风华正茂的女兵……他们响应祖国的召唤汇聚到一起，奔赴抗美援朝、保家卫国的战场，用血肉之躯共同谱写了一首雄壮的战歌。

（中南海毛主席故居　毛泽东与毛岸英合影）

1950 年 10 月 7 日，毛泽东在为志愿军司令员兼政委彭德怀送行的家宴上，把新婚不久的长子毛岸英，作为第一个报名的志愿军战士交给了彭德怀。

1950 年 11 月 24 日毛岸英在敌机突袭战中，壮烈牺牲。这一天距他入朝参战仅 34 天。

今天，毛岸英牺牲处的纪念碑被静静安置在当年志愿军司令部作战室旁。

（东仓郡黄金台大榆洞　毛岸英牺牲纪念碑前）

（馆长赵美花）

该碑是 2006 年毛岸英妻子刘思齐同志到此所立。当时她哭着说与毛岸英刚刚结婚几个月，毛岸英即赴朝参战，毛岸英离开的背影她至今仍难以忘怀。

（刘松林祭奠毛岸英烈士墓　刘松林与毛岸英墓前雕塑合影　两人结婚照）

（刘松林　毛岸英妻子）

刘思齐后来改名为刘松林，但她祭奠毛岸英的时候总是会用上她当时的名字刘思齐。

60 年思念的风霜把刘思齐染成了鬓斑老人。依傍在自己心爱的人身边，刘思齐说，我既是不幸的，又是最幸福的人。

（清川江大桥反轰炸影像）

这些画面是奋战在清川江大桥上的中国人民志愿军铁道兵部队。

（清川江大桥　布满弹孔的桥墩遗迹）

那些具有钢铁般意志的战士，在美机昼夜不停的轰炸中创造了奇迹。

当年保卫大桥的老兵和见证这段历史的朝鲜老人重逢在清川江大桥，回首往事，老人们激动不已。

（黄子奇　原志愿军铁道兵）

这个你都预计不到，随时随地就有可能来空袭，刚刚修好了一个桥墩，马上第二天就要炸掉，所以那是很残酷的，在1951年整个这一年的过程中那是最残酷的时候。

（陵园管理员）

当时为了保卫这座大桥，很多志愿军牺牲了，江水都染红了。志愿军拼死保卫大桥的情形，至今仍然难以忘记。

（志愿军作报告影像）

在他们中间有一位叫做杨连第的英雄连长，在解放战争时期就是著名的登高英雄。曾在1951年10月作为英模代表回国作报告。在他的家乡天津巡回报告时，为了不耽误任务，他没有告诉家人。在现场听报告的邻居们急忙把杨连第回国的消息告诉了杨连第的家人，6岁的儿子杨长林就跑到了现场，在台下喊着爸爸。可正作报告的父亲只向儿子淡淡一笑，挥了挥手，这就是他留给儿子最后的印象。

（清川江大桥空镜　布满弹孔的桥墩）

杨连第返回战场后第十五天，在保卫清川江大桥时遭美机轰炸

杨连弟照片

壮烈牺牲，时年仅 25 岁。

（杨长林拜祭父亲镜头）

2010 年 5 月，杨长林来到了清川江大桥畔父亲的墓前。

当年这个在台下喊着爸爸的 6 岁孩子，现在已经是 65 岁的老人了。

（杨长林　杨连第烈士长子）

爸爸、先烈们，给您们倒酒了，您们安息吧！长眠吧！前辈们、先烈们，我代表烈士家属给您们按家乡的传统磕头了。

（夕阳下清川江大桥河流如血）

夕阳下，清川江静静流淌，志愿军烈士们的英魂，化作了灿烂夺目的云霞依然耀眼，永远辉煌。

（志愿军雪地冲锋　美军影像）

这是志愿军入朝作战第二次战役中，冒着零下 40 度的严寒向敌人发起冲锋的情景。

当时，由于火炮在低温下打不出去而成了哑炮，手榴弹便成了战士们唯一的重武器。

在与美军的肉搏战中，许多志愿军士兵拉响了自己身上和对方身上的手榴弹。一群志愿军士兵倒下来，接着有更多的战士冲上去。

整个阵地到处是枪声、爆炸声、喊声。

一位美军士兵后来回忆道："只要我们的火力稍弱一些，四处就响起冲锋号和哨声、喇叭声，又冒出凶猛进攻的中国人和横飞的手榴弹。"

（李成勋　烈士陵园管理员　战争亲历者）

谁的意志最坚强，谁最有勇气，谁就能赢得胜利，志愿军在此付出了巨大的牺牲。

（朝鲜群众踊跃支前）

朝鲜人民被志愿军的英勇牺牲精神所感动，他们像对待亲人一样，倾其所有，踊跃支前。

（李成勋　志愿军长津湖烈士陵园管理员　战争亲历者）

朝鲜人民给志愿军送去煮熟的土豆。土豆被冻成冰块，志愿军把它放在怀里暖热之后一口一口吃下去。

（杨根思照片资料　志愿军战斗镜头）

战斗中，志愿军第20军58师172团三连奉命在小高岭阻击美军南逃。在打退敌人8次冲锋后，阵地上只剩下了连长杨根思一个人，当40多名敌人冲上阵地的时候，杨根思点燃炸药包，冲入敌群与敌人同归于尽。

杨根思的壮举，深深影响了整个志愿军战斗部队，在后来发起的一次反击战中，志愿军涌现出了 38 位杨根思式的英雄。

（长津湖烈士陵园　合葬墓园）

这是长津湖志愿军烈士陵园，杨根思最早就安葬在这里。

朝鲜人民在纪念碑周围用石子围城花篮，作为对英雄永远的献祭。

这些合葬墓埋葬着 9860 名杨根思的战友，其中有名字的 1953 名。

墓碑上没有刻下所有牺牲者的名字，但却没有人忘记他们用生命创造的历史，为中华民族赢得的尊严。

（栾克超活动画面　会议室给每位桌上放书　书特写　朝鲜户外）

战友们英勇战斗的事迹萦绕了栾克超的大半生，他流着热泪写成了《抗美援朝纪实》。

回到当年战场，老人谈起书中所写到的英雄，依然激动不已。

（栾克超　原志愿军 3 兵团作战科长《抗美援朝纪实》作者）

说实在的话，我在写他们的事迹的时候，我是一面哭一面写，一面写一面哭的，甚至是写不下去。

（上甘岭外景）

曾被 190 万发炮弹炸成碎石山的上甘岭，如今已满山葱翠，但是遍布山体的坑道却保藏着那段英雄的历史。

（李代相　原志愿军 47 军战士）

我在坑道里待了 80 天，我们的坑道当时只能过去一个人。我们 80 天当中没有洗过澡，没有洗过脸，没有洗过衣服，全都是穿着衣服睡在狗皮褥子上。

（李代相抚摸坑道岩壁　走出坑道）

默默抚摸着坑道岩壁，老人仿佛又一次听到了当年战场的嘶喊和震耳欲聋的炮声，再一次看到了那些视死如归的战友，为了坚守住上甘岭阵地，战友们付出巨大的伤亡代价。

（栾克超　原志愿军 3 兵团作战科科长　《抗美援朝纪实》作者）

上甘岭战役确实打疯了，疯到什么程度呢？所有的战士都要准备当班长、当排长，甚至当连长当营长。不仅如此，参军半年的战士当上了连长。

（志愿军冲锋影像　黄继光堵枪眼画像）

15 军 45 师 135 团 2 营通信员黄继光在战斗减员严重的情况下，被任命为六连六班班长，执行爆破任务。

黄继光的老连长万福来说，当时黄继光并没有说什么豪言壮语，他只是摆了一下手就冲了出去，他堵枪眼之前已经 7 处负伤，鲜血一路洒在匍匐前进的路上，体力完全耗尽的英雄却不可思议地完成了这惊人的跃起。

（抗美援朝战斗冲锋画面）

（众英雄照片　黄继光像　友谊塔壁画中志愿军形象）

黄继光没有留下一张照片，人们对黄继光的形象认识只来自于根据他母亲描述所画的模拟像。

（黄继光画像拉开　黄继光中学荣誉室）

这所中学叫做黄继光中学，油画由本校美术老师根据心目中英雄的形象所作。

这所中学位于江原道高城郡，每年 10 月 25 日学校都要组织学生到上甘岭前线瞻仰烈士遗迹，鼓励毕业生到上甘岭参军。

在学校黄继光事迹陈列室，放满了黄继光的资料，校长如数家珍。

（黄继光中学校长介绍荣誉室黄继光资料）

前面的相片是黄继光英雄的碑，原来这个碑是位于上甘岭三八分界线旁边，后来我们把这座碑给搬到了桧仓郡烈士陵园。

（黄继光中学荣誉室陈设　中朝友谊锦旗老兵与学生交流）

黄继光精神被中朝两国铭记传承，影响着一代代新人。

（黄继光中学学生）

我大学毕业以后要回到学校当教师，给学生们讲黄继光的英雄事迹。

（孙振皋画面　当年和同学照片　参军时照片）

对于黄继光中学学生的理想，志愿军老战士孙振皋感同身受，他当年从中山大学英语系弃笔从戎，和五位同学一起跑到丹东加入了志愿军。对于当初选择，他说同样是受到英雄烈士的感召和影响。

（艺兵画面　小时刚参军照片）

艺兵老人，入朝时没有来得及与前来给自己送被子的母亲见上一面，在朝鲜 8 年，从 10 岁小丫头长成 18 岁的大姑娘，少女时代全在朝鲜战场度过。

（艺兵　原志愿军工程兵文工团员）

没有什么后悔的，我们做了我们应该做的事，我们那一代人就是这样，为建设国家、为建设祖国，为这个民族我们奉献了我们的一切。

（艺兵在三日浦铁索桥沉思　志愿军作战）

艺兵老人的话道出了所有志愿军战士的心声，为了国家与民族的利益而义无反顾把个人的感情埋在心底，是那一代人的觉悟。

（朝鲜解放战争纪念馆志愿军馆）

在规模宏大的的朝鲜解放战争纪念馆里，专门建有一个志愿军馆，里面陈列着很多抗美援朝历史资料和众多志愿军英雄的挂像。

（志愿军老兵与人民军老兵会面　拥抱　流泪）

志愿军老战士与两位朝鲜人民军老战士在这里欣然重逢。

人民军：您远道而来，辛苦了，非常高兴。

志愿军：重返朝鲜非常高兴。

"愿中朝友谊世代流传下去！"

（两国老战士座谈）

解说员：这位是朝鲜民主主义人民共和国英雄同志，当时的侦察兵英雄。

（杨泮基　原朝鲜人民军老战士）

我熟知很多中国人民志愿军，在这场战争中涌现出了无数的战斗英雄。

（李代相　原志愿军47军战士）

这就是我的立功证书，我在三天四夜中共消灭了150多个敌人。

（郑超彬　原朝鲜人民军老战士）

英雄的中国人民志愿军在历时三年的战争中作出的巨大牺牲，我们至今没有忘记。

（朝方解说员解说）

朝鲜战争时期，中国人民志愿军培养出了 405 位优秀英雄，在这里陈列了 65 位优秀英雄。这是著名的空军英雄王海同志。

（志愿军老战士和人民军老战士一起瞻仰志愿军特等英雄谱）

李代相老战士出国前，曾受国内战友们的委托，要找一找老连长张永富的生前照片。

在这里他终于发现了这张印在他心头 50 多年的面容。

（李代相　原志愿军 47 军战士）

张连长，我今天来看你来了，我代表我们全连的老同志来看你来了。我们特功五连回国以后，又取得了很多的重大的战绩，在保卫边疆战斗中，又获得了"攻坚英雄连"的光荣称号，你曾在的第五连，为我们军队的建设起到了榜样作用，我代表我们幸存的战友感谢你来了。

这是唯一的一张照片，这是当年在朝鲜战场上的照片，就这一张，今天我终于看到了，我感到非常激动。

（志愿军老战士与人民军老战士在英雄谱前合影）

当年英雄战死沙场，活下来的老兵也已白发苍苍，岁月虽悄然流逝，英雄却定格为永恒。

（朝鲜外景）

朝鲜人民的领袖金日成说，在朝鲜的每一座山，每一棵树，每一条河流，都浸透着志愿军无私的鲜血，布满着志愿军英勇斗争的业绩。中国人民志愿军在朝鲜所建立的丰功伟绩，将同朝鲜美丽的山河一样万古长青。

第3集：深情守望

（平壤广场上阿里郎排练人群）

（友谊阿里郎片段）

（代表团老战士贵宾席观看）

金日成广场是平壤最大的广场，这里的人们正在为大型团表演《阿里郎》进行着精心彩排。

由朝鲜10万名青少年和专业艺术工作者参加表演的《阿里郎》，再现了朝鲜民族从苦难走向幸福的历程，表达了朝鲜人民热爱祖国、渴望统一、爱好和平的美好愿望。

《阿里郎》是一个常年表演的传统节目。为歌颂中朝两国人民用鲜血凝成的友谊和中国改革开放所取得的成就，今年的《阿里郎》特别增加了一个新的章节《友谊阿里郎》。

（朝鲜市景　中朝友好画面）

（朝鲜河山　沿途风景）

在战火纷飞的岁月里，中朝两国人民和军队休戚与共、生死相依，在血与火的考验中结下了伟大的战斗友谊，今天，志愿军老兵们所到之处，依然被 60 年前熟悉的感情包围着。

当年，成千上万中国人民的优秀儿女血洒朝鲜战场，献出了年轻而宝贵的生命，而他们大部分就长眠在朝鲜的青山绿水之间。

（中国人民志愿军烈士陵园空镜）

这座位于朝鲜平安南道桧仓郡的中国人民志愿军烈士陵园，就在志愿军司令部旧址的旁边，陵园依山而建，苍松翠柏，山道石阶共 240 级，象征先后参战的 240 万志愿军战士。

陵园内安葬着毛岸英等 100 多位烈士。毛泽东曾说，毛岸英是志愿军的一名普通战士，遗体应该埋在朝鲜的土地上。

（辛旗　中方代表团长读祭文　烧祭文）

中国人民志愿军烈士们，60 年过去了，虽然你们的忠骨客葬他乡，但祖国和人民从来没有忘记过你们……今天我们来看你们，献上一束鲜花，敬上几炷香火，点上几支香烟，供上几杯薄酒，以寄托我们深切的哀思。

（黄子奇　原志愿军铁道兵）（老战士自由吊唁）

今天我们来了，我们代表祖国人民来了，代表全体志愿军的老战友们来了，代表你们的亲人来了，来祭奠你们，看望你们。

（中学生及老师打扫陵园画面）

当我们瞻仰陵园的时候，不时看见在陵园内打扫卫生的朝鲜学生。

（桧仓中学女老师）

我是桧仓中学的教师，欢迎你们来朝鲜访问，我们对中国志愿军烈士有深厚的感情，为了缅怀他们，每天学生都来清扫陵园。

（陵园里老战士与桧仓中学学生交流）

朝鲜学生：在这里的你们的战友由我们来好好地看着他们，所以，你们放心吧，你们多保重。

老战士：有你们保护，我们心里很安心。

（罗盛教救人牺牲地全景　沸流江　罗盛教联合农场村落　罗盛教纪念碑）

志愿军战士罗盛教勇救落水儿童的故事在朝鲜家喻户晓，今天我们来到烈士牺牲地。

以罗盛教命名的农场房舍井然美观。由于当地经常暴发山洪，当地人便把罗盛教烈士墓建在农场里一块不会被大水淹没的高地上。

（中国儿童学习罗盛教电影资料）

1952 年 2 月 3 日，中国人民志愿军领导机关为表彰罗盛教伟大的国际主义和革命英雄主义精神，为他追记特等功，并追授"一级爱民模范"称号。

（郡管理经营科科长）

罗盛教不仅是中国人民的儿子，也是朝鲜人民的儿子，朝鲜人民的亲兄弟，因此每年节日的时候、换季的时候我们都要为他祭扫。

（罗盛教所救少年崔莹的妻子和大儿子、孙女一家拜祭罗盛教纪念碑）

这一家人就是罗盛教所救少年崔莹的妻子和他们的子女亲属。

前些年崔莹去世后，他的家人搬到了百里外的地方居住。但每到罗盛教的祭日，崔莹的妻子都会带着双目失明的儿子回来拜祭恩人。

（采访崔莹的大儿子）

罗盛教同志牺牲后我的爷爷给罗盛教的父亲去信说，虽然罗盛教同志牺牲了，以后崔莹就是您的儿子。

（朝鲜人民祭奠罗盛教老照片　罗盛教父亲参加落成时的照片）

1973 年罗盛教纪念碑改造落成时，罗盛教的父亲来到朝鲜，把崔莹认作了自己的儿子。

（车上移拍铺出的新路）

这条石子路是当地人民用十多天专门为我们来铺就的。为了使我们的车能顺利涉过眼前的河，他们还用沙石填平了河床。

我们沿着这条新铺成的石子路行进在崇山峻岭中，感受着朝鲜人民的真诚友谊。

（铁道部队烈士陵园　朝方献花圈　学生献花敬礼鞠躬　谢元侯墓碑）

在朝鲜的平安南道安州市有一座山，当地人把它取名为谢元侯山。当年，志愿军铁道兵战士谢元侯在这里勇救落水儿童而牺牲，被誉为罗盛教式的英雄。

当时全市人民前来为烈士谢元侯送葬，并在他的身边安葬了1178 名志愿军铁道兵部队的战友，把整座山建为志愿军铁道兵烈士陵园。

纪念碑以铁轨为造型，坚实厚重。

（金化郡上甘岭烈士陵园）

在整整 60 年里，战斗英雄杨春增的家人从来不知道烈士的遗体埋葬在哪里，烈士的母亲到去世都心愿未了。

经过朝方同志的不懈努力，杨春增的妹妹杨春果终于在位于军事分界线的上甘岭志愿军烈士陵园找到了哥哥的墓。

（杨春果给烈士墓撒土）

哥啊，我的哥啊！咱娘在的时候最惦记着你，你是家里老大，你受罪最苦。咱娘活了79岁，临终的时候咱娘说：我谁都不惦记，你们都过得挺好，我就惦记你们大哥。你大哥从小受罪，又不在家。你们要有机会了，一定去朝鲜，给他的坟上撒把土，撒把咱家乡的土，给他烧张纸……哥，这个愿望我实现了，我把家乡的土拿来了，有了家乡的土放在你的坟上，让你闻闻家乡的土的香味。你放心吧！哥啊，你闻闻家乡的土香味，咱妈妈临终的遗愿。

（杨春果给其他烈士墓洒土）

杨春果把带来的土分出一半，撒向了哥哥的战友们，她说这土不只是她们老家的土，也是祖国的土，烈士们都沾些祖国的土也就等于是回家了。

（团长向烈士祭酒）

位于昌道郡城道里的金城志愿军烈士陵园，安葬着在金城反击战中牺牲的1万多名烈士。在陵园正前方，远远的是他们曾用生命保卫的朝鲜乡村美丽的民居。

（志愿军老战士与人民军老战士陵园相逢，拥抱、流泪、交谈）

一位挂满军功章的朝鲜人民军老战士没有打扰志愿军老兵对先烈的祭奠，他默默地等候在一边，一直等到仪式结束才走上前来。

（中朝两国老战士向英雄烈士们敬礼）

向中国人民志愿军英雄烈士们敬礼！

（汽车行进　松岳山烈士陵园）

这座松岳山烈士陵园，静静安葬着 2 万多名志愿军烈士，据说天气好的时候站在山顶向南眺望，还可以看到首尔的山。

（年迈的老战士自由吊唁）

（李代相和孙振皋互相搀扶爬台阶　找到姚庆祥烈士墓）

这些年事已高的老人，把能够回来再看一下牺牲的战友，作为自己此生最大的心愿。

老人们在无名烈士墓中寻找着在停战谈判期间牺牲的战友姚庆祥烈士的墓，他是这座陵园里仅有的三座刻有姓名的烈士墓中的一座。

（李代相抚坟哭泣）

（李代相　孙振皋　王仁山带领各自儿子向姚庆祥祭酒、鞠躬、敬礼）

三位老人的身后，是他们的儿子，他们把儿子带来，是为了告慰战友们后继有人。

（孙振皋　原志愿军开城谈判团英文翻译）

你们长眠在美丽的朝鲜的土地上，永远也不能回家了。我们年事已高，可能再来看望你们的机会已经很少了，但是，我们的子女我们的后代不会忘记你们的。

（黄昏烈士陵园空镜）

在这个只有半个足球场大小的烈士陵园里安葬着 1 万多名烈士，合葬墓上生长着无数的嫩草，它们在黄昏的山风里舞蹈，烈士们牺牲的时候恰如这嫩草般年轻，即使枯荣，热血铸就的丰碑却不朽。

（代表团在陵园合唱《我的祖国》 引出歌曲）

"一条大河波浪宽，风吹稻花香两岸，我家就在岸上住……

（多个陵园 烈士照片 当年冲锋牺牲影像）

（毛泽东主席和黄继光母亲握手）

据说，罗盛教牺牲前，曾跟少年崔莹说起自己的家乡，他指着美丽夕阳的方向说，他的家乡就在那儿，等战争结束了，他会回到老家，回到母亲身旁，过上安宁幸福的生活。

失子之痛在人类是一致的，毛泽东和黄继光母亲双手相握的这一刻，传达出的是同等的人类情感。

（志愿军烈士墓历史资料）

（朝方人员祭奠 维护）

1953 年停战协定签署后，志愿军司令部组建烈士陵园修建委员会，开始有组织地在朝鲜境内修建志愿军烈士陵园。现存朝鲜境内共有 8 个大型烈士陵园及 62 处墓地，243 个无名烈士合葬墓。

1958 年志愿军回国时，陵园交给朝方管理。几十年间，朝鲜人民用深情守护着这些烈士。

（尹顺勇 开城市人民委员会对外工作组长 原人民军老兵）

对这里，我有特别的关心，跟我并肩作战的战友们安息在此。烈士陵园就是朝中友谊永远的象征。

（刘松林，毛新宇，及黄继光、邱少云、杨根思、孙占山等烈属拜祭）

60 年里，志愿军的亲人，祖国人民从没有忘记志愿军烈士们。

现在越来越多的中国人来到朝鲜扫墓，缅怀英烈。

（同期声）

向长眠的烈士敬礼！

（当年志愿军帮建画面）

（宅庵农场画面　朝鲜人家）

当年在战场上并肩作战的中朝两国的战士们，战后又像一家人一样投身到建设朝鲜家园的劳动中。

朝鲜现在的农村建设如火如荼。我们来到了朝鲜模范农场——宅庵农场。多年来这里一直是传扬中朝友谊的榜样。

（栾克超所带志愿军战士与朝鲜阿妈妮拥抱合影）

翻译：这是志愿军，这是朝鲜阿妈妮。

朝鲜阿妈妮：您辛苦了。

（李代相给阿妈妮讲当年）

她知道我是一个孤儿，是志愿军的一个孤儿，就提出让我留下

送
别

给她当儿子，但后来实际上是不可能的事情，但是我回国以后我始终想着这个阿妈妮。

（朝鲜人民踊跃支前）

战争时期，朝鲜人民竭尽全力支援志愿军，光上甘岭战役，就组织了8000人的支前队伍。

在血与火的考验下，他们与志愿军的感情如同亲人一般。

（艺兵原志愿军文工团员）

真是依依不舍，真是跟他们有很深厚的感情，所以我觉得他们就是情同手足，是我的兄弟姐妹。

（朝鲜群众送别志愿军）

这段中国人民志愿军班师回国的电影资料，是当年中朝两国电影工作者共同拍摄记录下来的。1958年10月26日，中国人民志愿军完成了党和祖国赋予的光荣使命，载着朝鲜人民浓浓的情谊全部撤离朝鲜。

沈阳人民志愿军烈士陵园中的雕塑

在朝鲜八年的日日夜夜，用鲜血凝成的中朝友谊将永远铭刻在两国人民的心中。

（代表团与朝中友协副委员长座谈）

（代表团向朝鲜水灾地区捐款）

志愿军老兵友好访问团在朝鲜期间，得知朝鲜北部发生了严重水灾，自发向朝鲜受灾人民进行了捐款。

（田英进　朝鲜朝中友好协会副委员长）

（田英进展示志愿军战士与阿妈妮合影）

朝中友谊就像这张照片一样亲密无间，朝中友谊就像这样分不开。

（沈阳志愿军烈士陵园　人民英雄纪念碑）

今年是中国人民志愿军赴朝参战六十周年。60 年前，英雄的人民志愿军将士高举保卫和平、反抗侵略的正义旗帜，在两年零九个月的浴血奋战中，发扬祖国和人民利益高于一切，为了祖国和民族的尊严而奋不顾身的爱国主义精神，英勇顽强、舍生忘死的革命英

沈阳人民志愿军烈士陵园人民英雄纪念碑

雄主义精神,不畏艰难困苦、始终保持高昂士气的革命乐观主义精神,为完成祖国和人民赋予的使命、慷慨奉献自己一切的革命忠诚精神,以及为了人类和平与正义事业而奋斗的国际主义精神。

　　他们是中华儿女的优秀代表,他们的英名永载史册,他们的精神永放光芒。

《融进三千里江山的英魂》电视纪录片观后感

孙振皋

2010年11月1日上午，北京市莲花池军休所有四名志愿军老战士在一起，座谈了观看《融进三千里江山的英魂》（以下简称《英魂》）电视纪录片以后的感受和意见。

在收看《英魂》以前，莲花池军休所的几十名志愿军老战士都在本所纪念志愿军出国作战六十周年座谈会上得到消息，中央电视台第7频道将播放一部电视纪录片，纪念抗美援朝六十周年。他们都把这一好消息转告给周围的同志和亲朋好友，请他们按时收看。志愿军老战士李代相还把这一消息告诉他的原单位47军的领导和战友，47军又通知部队收看。据我们了解，中国广大人民，特别是老志愿军战士对这部电视纪录片有强烈的兴趣，要求收看。在播放时，有许多家庭全家在一起集体收看，收视率是很高的。前总参谋部副参谋总长钱树根是一位90多岁高龄的老将军，他坐在轮椅上，看完这部电视。看完后，他特地叫秘书用电话告诉李代相同志，说这是一部好影片。

在座谈中，大家一致称赞，《英魂》是一部"五好"电视纪录片：内容好、主题好、编排好、命题好、解说好。建议这部电视片应作为优秀纪录片，得到有关部门的奖励。

大家认为，这部电视纪录片有以下几个优点：

一、内容丰富真实，是历史的再现

抗美援朝战争以后，国内虽有多部故事影片如《英雄儿女》、《上甘岭》和京剧《奇袭白虎团》等文艺作品，反映志愿军将士的英勇业绩，但没有一部完整的历史纪录片，真实记录抗美援朝的光辉战史。《英魂》这部电视片是六十年来，我们第一次看到的比较系统完整地反映朝鲜战争的纪录片。它通过记述一群志愿军老战士和烈属到朝鲜祭扫志愿军烈士英灵，反映两年九个月抗美援朝战争从志愿军跨过鸭绿江到朝鲜停战的全过程。它反映志愿军将士在冰天雪地，一把炒面，一口白雪，前赴后继，艰苦战斗的真实情景；它反映战斗英雄杨根思、杨连第、黄继光、罗盛教和其他多名战斗英雄的具体事迹和光辉形象；它反映志愿军如何以劣势装备打败优势敌军的不朽事迹。这部影片具有一定的史料性和文献性，具有巨大的教育意义。

《英魂》记录几名志愿军老战士用朴素的语言亲口讲述他们在朝鲜的战斗经过，也是非常感人的。如当年汽车连连长、战斗英雄王仁山同志说，在朝鲜，"活着就得干，死了也就算"，充分表现了他们大无畏的革命英雄主义精神。

二、主题显明突出，感人至深

《英魂》电视片的主题是志愿军老战士到朝鲜祭扫战友的亡灵。这个主题鲜明地贯彻这一电视片的始终。电视片反映了在朝鲜战争中有240万名志愿军将士先后参加了这场战争，有18万名将士牺牲在朝鲜战场。"青山处处埋忠骨"，散落在朝鲜各地的志愿军烈士墓地有200多处。通过电视纪录片，祖国人民看到了埋葬在异国他乡的多处墓地的风貌，看到了毛岸英、罗盛教和姚庆祥等烈士的陵墓。电视纪录片反映祖国人民没有忘记他们，祖国人民的后代也永远不会忘记他们。朝鲜人民深情地守望着他们。志愿军在朝鲜的墓地是中朝两国人民共同战斗的丰碑，是两国人民用鲜血凝结的战斗友谊的象征。电视纪录片拍摄的这些志愿军墓地的镜头应载入中国人民的史册。

《英魂》记录志愿军老战士祭扫陵墓的场面是十分感人的。他们的悼词恳切，表达了祖国人民对他们的深情厚意。他们流下的热泪表达了祖国人民对他们的热爱。在金化墓地，电视纪录片记录了杨春果女士找到她哥哥一级战斗英雄杨春增的墓碑的镜头。她跪倒在他的墓前，痛哭流涕。她在墓前撒下从祖国带去的泥土，诉说六十年的思念之情，都无不催人泪下。《英魂》记录志愿军老战士代表在纪念馆和墓地前会见朝鲜人民军老战士和老英雄的场面也是十分珍贵的，体现了中朝两国人民和军队的友谊。

三、构思正确，编排巧妙，命题恰当

《英魂》电视纪录片最大的特点，不是就事论事地把志愿军老战士祭扫烈士墓地的情景拍摄下来，而是以扫墓为框架，穿插志愿军战斗英雄的光辉业绩，这部电视片实际上成为反映整个朝鲜战争一个重要侧面的纪录片，这一构思具有很高的艺术性和思想性。参加这次祭扫活动的志愿军老战士，当年有的是作战科科长，有的是战斗英雄，有的是英语翻译，有的是文工团员和政治工作人员。电视编导选择他们的各自特点在不同场合谈论他们的感受，选材恰当。电视片的总标题《融进三千里江山的英魂》和三个专题：《岁月如歌》、《英雄儿女》和《深情守望》，命题正确，有浓厚的文学味道，反映编导有很好的文学素养。电视片的解说词也流利顺畅。它把各个镜头有机地联系起来，在讲解时，像讲故事一样，娓娓道来，十分感人。

座谈中，大家也提出几点建议：（一）播出节目前，电视台应安排重要节目的预告，以便观众准时收看。（二）在朝鲜的几个重要志愿军烈士陵园应有全景照片。（三）加快制作发行这一电视纪录片。

有的同志还提出，中央电视台第7台军事频道应扩大资料收集范围，有责任制作一部反映抗美援朝战争全貌的影片，以满足广大中国人民，特别是志愿军老兵的需求。有的同志说，今年5月间，重庆曾组织一个30多人的志愿军老兵纪念英烈访问团自费到朝鲜访

问，取得巨大成功。目前，志愿军老兵和其家属要求到朝鲜访问的需求是强烈的。中央有关部门应有计划地推动各省、市、自治区来开展这一访朝活动。这样，不但可以满足人民的需求，也能促进朝鲜的改革开放，增加经济收入。《英魂》可作为开展这一活动的宣传片。

烈 士 颂 歌

烈 士 颂 歌

我多么想多么想拥有齐天的翅膀，

飞上九霄把你们的忠魂探望。

我多么想多么想再亲吻这片热土，

闻一闻你们生命鲜花的清香。

勇敢牺牲的战士们呀！

跨出国门时你坚毅的眼神顾不上回头一望，

转瞬六十年的岁月呀！

青山未老，

你的战友们早已白发苍苍。

故乡离你们那样的遥远，

但朝鲜人民就是你们的爹娘。

你们的身后是强大的祖国，

祖国从来也没有将你们遗忘！

十五万烈士忠魂啊—

十五万个烈火金刚—

松柏用枝干化做护守你们坟墓的栏杆，

山峦把岩石铸成环绕你们陵园的围墙。

青草间飘动的是少年的红领巾，

轻风好似雄赳赳的军歌嘹亮。

安息吧，十五万颗年青的心，

清川江水依然清澈，

血染过的五圣山和上甘岭耸立在你们身旁。

安息吧，十五万颗战斗的心，

东西海岸早已森严壁垒，

开城金化如今固若金汤。

敌人胆敢再迈进一步，

中朝人民会举起森林般的钢枪。

和平万岁！

但和平靠着不屈的力量。

安全稳定，才能建设，才能繁荣富强。

美丽的锦绣河山啊！

永远见证中朝两国的友谊。

烈士们的功绩和英名啊！

与日月同辉，

万古流芳！

辛 旗

2010.8.10

于板门店回平壤途中

辛旗先生拜谒桧仓志愿军烈士墓告慰文

2010 年 8 月 6 日

英雄的志愿军烈士们，

今年是抗美援朝出国作战六十周年，为了缅怀你们的丰功伟绩，表达祖国亲人的思念之情，我们专程来看望你们来了。

今天的桧仓，松柏翠滴、宁谧安详。六十年前，你们带着祖国人民的重托和对朝鲜人民的深情厚意来到这片土地，与朝鲜军民并肩作战，用年轻的生命捍卫了人类的正义与和平，用青春的热血，浇筑了牢不可破的中朝友谊。六十年过去了，虽然你们忠骨客葬他乡，但祖国和人民从来没有忘记过你们。我们永远不会忘记，240 万中华英雄儿女在血与火的考验中铸就的丰功伟绩 我们永远不会忘记，毛主席的长子毛岸英在新婚不久即主动请求入朝作战，在朝鲜战场上壮烈牺牲，他的爱国主义和国际主义精神将永远教育和鼓舞青年一代；我们永远不会忘记，杨根思、邱少云、黄继光等十余万志愿军烈士，用青春和生命书写的壮丽篇章；我们永远不会忘记，葬在异国他乡的十几万忠魂烈骨，几十年来，日复一日，年复一年，无声无息地继续守护着和平。先烈们，你们的伟大精神和英雄事迹，祖国亲人不会忘记，朝鲜人民也不会忘记，必将世代相传，彪炳千秋，永垂不朽！

中国人民志愿军烈士们，现在祖国富强了，朝鲜强盛了，我们衷心祈愿你们在天之灵能看到，你们的鲜血没有白流。作为幸存者和后来人，我们会继承你们的遗志，带着对你们的思念，努力把祖国建设好，把中朝友谊传承好，把来之不易的和平维护好，以此作为对你们最好的缅怀和纪念！

志愿军烈士们，今天我们来看你们来了，谨献上一束鲜花，几杯薄酒，寄托我们的哀思。

志愿军烈士们，我们还会再来看你们的，越来越多的祖国亲人会来看你们的，你们安息吧！

桧仓中国人民志愿军烈士陵园情况简介

中国人民志愿军烈士陵园位于朝鲜桧仓郡西北的山坡上。桧仓曾是志愿军司令部所在地，距平壤五十公里。从 1951 年 9 月至 1958 年 10 月，志愿军的领导机关一直设在这里。从志愿军司令部迁至桧仓之日起，志愿军经历了粉碎敌人的夏秋季攻势、粉碎敌人的绞杀战、反细菌战、西海岸反登陆准备、全线性反击作战、上甘岭战役、夏季反击战等重要战役，并实现了朝鲜停战。桧仓是志愿军司令部驻守最长的地方。朝鲜停战后，1953 年 8 月，志愿军领导机关决定在桧仓修建中国人民志愿军烈士陵园。经过各方面的努力，1955 年秋陵园初步建成。同年 10 月 25 日，即中国人民志愿军赴朝参战五周年纪念日，举行了陵园落成典礼。朝鲜民主主义人民共和国，特派内阁副首相兼民族保卫相崔庸健率朝鲜代表团参加了落成典礼。

陵园初建时规模较小，遂于 1956 年扩建，到 1958 年 5 月 31

日全部建成。陵园总占地面积 1 万 1 千平方米，园内有按照中国民族传统风格修建的纪念亭、牌楼等。陵园正中央是雄伟的志愿军铜像，铜像昂首屹立在高大的基座上。铜像基座的四面均有题词。大门的牌楼上是郭沫若题写的"浩气长存"四个大字。顺园门拾阶而上，便来到志愿军烈士陵墓区。毛岸英墓在墓区的最前面，位置突出。墓前是毛岸英半身雕像和汉白玉墓碑。所有烈士墓都是用水泥构建的半圆形墓室，墓前均立有墓碑。陵墓共排列 13 行，每行 10 个墓，后侧有 3 个无名烈士墓，包括毛岸英墓在内共计 134 个墓。在这 134 烈士里有 116 名共产党员，15 名共青团员。墓区栽有 134 棵青松，林荫覆盖着墓群，烈士们在青松下安息。园内还建有喷泉、凉亭，种植金达莱、芍药、木槿、松柏等上百种名贵花卉和树木。整个陵园庄严雄伟，肃穆幽静。

中国人民志愿军烈士陵园是在朝鲜境内最有代表性的志愿军烈士陵园。我国党和国家领导人出访朝鲜时，都要到这个陵园举行纪念活动。每逢重要纪念日，朝鲜党和政府领导人也到此陵园纪念志愿军。

辛旗先生在安州志愿军铁道兵烈士墓的告慰文

2010 年 8 月 6 日

志愿军铁道兵烈士们，60 年了，转瞬已成历史，祖国人民从没有忘记你们。今天，我们担负着祖国和亲人的嘱托，来到你们忠骨安葬的地方，专程来看望你们，表达家乡父老，特别是你们当年的战友对你们的思念。

1950 年 11 月 6 日开始，为确保作战物资的运输，中国人民志愿军铁道兵团雄赳赳，气昂昂，跨过鸭绿江，与朝鲜人民军铁道兵、中朝两国铁路员工并肩战斗，执行铁路运输和保障任务。志愿军铁道兵发扬了高度的爱国主义、国际主义和革命英雄主义精神，不怕牺牲，顽强战斗。在前进抢修、反轰炸抢修、抗洪抢修，特别是粉碎美军长达近一年的"绞杀战"等战斗中，与兄弟部队、朝鲜军民密切协同，战胜了敌人的"空中优势"和洪水造成的灾害，修、运、防密切协同，群策群力，打破封锁，创造了"打不烂、炸不断的钢铁运输线"，创造了人类铁路史和战争史上的一大奇迹，涌现出一级战斗英雄、朝鲜民主主义人民共和国英雄—杨连弟等一大批英模人物。

青山处处埋忠骨，浩气烈烈冲九霄！60 年过去了，你们用鲜血和生命换来了长久的和平与安宁。祖国强大了，朝鲜也繁荣了，两国人民都过上了和平幸福的生活。你们的鲜血没有白流，你们的牺牲万古流芳。英雄的烈士们！你们虽然长眠在异国他乡，但祖国和亲人们却从未将你们忘记。雄碑耸立，是你们高大的身影；溪水长流，是你们不朽的魂灵；松柏常青，是你们长存的浩气；蓝天白云，是你们英魂的栖地。你们是共和国的忠诚卫士，是人民的功臣，是侵略者的克星，你们对祖国、对朝鲜人民的情感、对人民的贡献，历史不会忘记！人民不会忘记！未来不会忘记！

志愿军烈士浩气长存，英灵永在！

安州中国人民志愿军铁道兵烈士墓情况简介

安州志愿军铁道兵烈士墓位于朝鲜安州市郊文峰山上，是为了纪念铁路运输战线上光荣牺牲的烈士而修建的，有 7 座志愿军烈士墓，共计 1178 名烈士长眠于此。1984 年，根据朝鲜领导人金正日的指示，安州市将原在新安州的中国人民志愿军铁道兵部队烈士纪念碑移至合葬墓地，并对纪念碑进行了改建。

园内有志愿军领导机关和朝鲜交通省分别竖立的纪念碑。志愿军铁道兵在抗美援朝战争中，面对敌人强大的空中力量，粉碎了敌人实施的绞杀战，建成了"打不烂，炸不断的钢铁运输线"。铁道兵第一师第一团第一连副连长杨连第，在钢铁运输线上曾多次出色地完成抢修任务。1953 年 5 月 15 日，杨连第在清川江上指挥架桥时，被定时炸弹弹片击中头部而牺牲。荣立特等功，获一级战斗英雄称号，并获"朝鲜民主主义人民共和国英雄"称号。

辛旗先生拜谒金化志愿军烈士墓告慰文

2010 年 8 月 8 日

中国人民志愿军烈士们：

60 年了，祖国的亲人，与你们并肩战斗过的战友们，还有你们的后代，怀着崇高的敬意和无比的思念，沿着你们战斗过的足迹，来看望你们了。

英雄的烈士们，六十年前，你们风华正茂、一腔热血。肩负祖国母亲的重托，遵照毛主席的教导，为了朝鲜人民的期盼，你们毅然远离亲人，来到异国他乡，你们怀着"风萧萧兮易水寒、壮士一去兮不复还"的豪情，义无反顾地踏出国门从此就再也没能回来，离别的亲人也从此就再也没能与你们重逢。你们将青春的热血洒在了朝鲜的土地，用年轻的生命捍卫了正义与和平，留给自己的只是英魂终年西望，忠骨客葬他乡。你们的伟大精神与青山同在，你们的丰功伟绩与日月同辉！

在这片热土上，涌现了无数的战斗英雄。在金化战役中，只身冲入敌群英勇献身的杨春增烈士，你在金化巩固阵地作战的在紧急关头，奋勇冲入敌群，拉响手雷，与 30 多名敌人同归于尽，你壮烈牺牲、气壮山河。虽然半个多世纪过去了，战争的硝烟早已散尽，但你和所有在金化战役中牺牲的 1 万 8 千先烈们的名字、先烈们的英勇事迹、先烈们的英灵得以永存，亲人不会忘记，人民不会忘记，祖国不会忘记！今天，我们和你们的战友专程来看望你们，就是要表达对你们的深切缅怀与思念，就是要告慰你们，祖国人民正在享受你们用生命换来的和平，现在祖国强大了，人民幸福了，朝鲜美丽富强了，你们的鲜血没有白流！你们的牺牲义薄云天！我们作为你们的战友，作为你们的后人，一定会继承你们的遗志，努力将祖国建设好、将中朝友谊传承好、将和平环境维护好！

　　烈士们，我们还会再来看望你们的，越来越多的祖国亲人会来看望你们的，你们安息吧！

　　英雄的志愿军烈士永垂不朽！

金城志愿军烈士陵园情况简介

　　金城志愿军烈士陵园，位于江原道金化郡。安葬着 1953 年 5 月 13 日至 7 月 27 日，夏季反击战役中牺牲的志愿军烈士。1953 年夏季反击战役，是志愿军转入阵地防御后，规模最大的一次对敌坚固阵地发起进攻的战役。志愿军投入十个军，人民军投入两个军团。敌军投入十八个师。战役历时两个半月。志愿军实施了三次大规模的进攻，其第三次进攻即金城战役，一举突破敌人四个师的防御，突入敌纵深 15 公里。夏季反击战役共毙伤俘敌 12 万 3 千余人，收复土地 240 平方公里，有力地促进了停战的实现。志愿军在这次战役中伤亡 5 万 4 千余人。

辛旗先生在昌道郡志愿军烈士墓的告慰文

2010 年 8 月 8 日

　　志愿军烈士们，我们中国国际友好联络会中朝友好人士访问团带着祖国人民和你们的亲人、战友们的怀念，今天来到你们忠骨安葬的江原道昌道郡城道里看望你们来了！

　　回顾 60 年前那场公理战胜强权的战争，由中华优秀儿女组成的中国人民志愿军，高举保卫和平、反抗侵略的正义旗帜，雄赳赳，气昂昂，跨过鸭绿江，抗美援朝，保家卫国，与朝鲜人民军和人民并肩作战，进行了两年零九个月的殊死战斗，赢得了抗美援朝的伟大胜利。在东线战场北汉江、轿岩山，志愿军充分发挥敢打必胜的战斗意志，充分发挥政治优势和中国人民解放军的光荣传统，与朝鲜人民军一道，面对世界上最强大的敌人，在极为艰难的条件下，以灵活机动的战略战术和一往无前的英雄气概，与凶残的敌人进行了艰苦卓绝的作战。广大志愿军指战员浴血奋战、赴汤蹈火、前仆后继、视死如归，谱写了气壮山河的英雄壮歌，创造了人类战争史上以弱胜强的光辉典范，涌现出一级战斗英雄、朝鲜民主主义人民共和国英雄—李家发同志等一大批英模人物，也留下了一万多名志愿军烈士的英魂。

　　朝鲜的绿水有灵，每一朵翻腾的浪花，都呼唤着志愿军英雄的名字；朝鲜的青山有知，每一座肃穆的山峦，都镌刻着志愿军将士的业绩。60 年来，我们始终缅怀为了祖国、为了朝鲜、为了和平与正义而英勇牺牲的烈士们。我们伟大的祖国和人民为你们感到骄傲与自豪。你们的英名，将永远镌刻在人民共和国的史册上，永远镌刻在人类和平、发展、进步的史册上。

中朝友谊有如长流不息的鸭绿江水，好似万古长青的长白山松。绿江青山永远是中朝友谊的见证。

中国人民志愿军烈士们，安息吧！历史永远不会忘记你们！

昌道郡志愿军烈士墓情况简介

昌道郡志愿军烈士墓位于江原道昌道郡城道里，安葬的是战争期间东线战场北汉江、轿岩山地区牺牲的志愿军烈士。墓区共有合葬墓 24 座，10156 名志愿军烈士安息在这里。有墓碑一座，上刻有朝文"中国人民志愿军烈士之墓"。一级战斗英雄、朝鲜民主主义人民共和国英雄称号获得者李家发安葬在此陵园。

辛旗先生在开城志愿军烈士陵园的告慰文

2010 年 8 月 10 日

志愿军烈士们，

今天，我们中国国际友好联络会中朝友好人士访问团一行怀着无比沉痛和敬仰之情，来到开城志愿军烈士陵园，深切缅怀先烈们的丰功伟绩，告慰先烈们的在天之灵。

英雄起于华夏，壮士奔于四方。

开城——在这个朝鲜历史名城的土地上，长眠着近 2 万名中国人民志愿军烈士。六十年前，我们最可爱的人毅然响应祖国的召唤，高举"抗美援朝、保家卫国"的伟大旗帜，远赴异国他乡，发扬崇高的爱国主义、国际主义和革命英雄主义精神，在无数次艰苦卓绝的战斗中，英勇无畏，前仆后继，奋勇杀敌，攻必克，守必固，战必胜，击退了强大的敌人，创造出许多气吞山河、威震敌胆的英雄业绩，涌现了大批战功卓著的英雄集体和个人，用鲜血和生命谱写了一曲威武雄壮的凯歌。扬我国威！壮我军威！

志愿军烈士们，你们用宝贵的青春和年轻的生命换来了半个多世纪的和平。六十年过去了，祖国面貌发生了天翻地覆的变化，中国人民正在把民族复兴的伟大事业不断推向前进；英雄的朝鲜人民发扬自力更生、艰苦奋斗的革命精神，在炮火造成的废墟上把朝鲜建设成美丽强盛的仙境国家。中朝军队和人民用鲜血凝成的中朝友谊深深扎根于两国人民心中。

历史的烟云掩不住光辉的记忆，志愿军烈士们，你们永远是中国人民心中最可爱的人，永远是中朝两国人民心目中的英雄。

苍松翠柏为你们守灵，绵雨轻风伴你们歌吟。

安息吧！英勇的中国人民志愿军烈士们！

开城烈士陵园情况简介

开城烈士陵园位于开城市松岳山下。1954 年，即抗美援朝停战后的第二年，开城市政府当局特地将这块风景秀丽的地方拨出来，用于修建两个彼此相邻的烈士陵园，分别埋葬从敌占区搬运回来的朝鲜人民军和中国人民志愿军烈士遗骸。开城志愿军烈士陵园安葬着 1950 年 12 月 31 日至 1951 年 1 月 8 日，第三次战役中牺牲的烈士。有合葬墓 35 座，安息着 15000 余名志愿军烈士。开城是朝鲜停战谈判会场所在地，最初作为停战谈判会场的来凤庄和后来的板门店都在开城。此次战役历时 9 天，突破"三八线"，解放了汉城，将敌人驱至"三七线"以南地区。此战歼敌 19000 余人，志愿军伤亡 8500 人，大部分安葬于这个陵园。在停战谈判中牺牲的志愿军军事警察排长姚庆祥烈士，以及在停战谈判中遭敌人袭击而牺牲的志愿军烈士也安葬在这个陵园。

辛旗先生在长津湖畔志愿军烈士陵园告慰文

2010 年 8 月 8 日

长眠在长津湖畔的志愿军烈士们,

六十年前, 在异国他乡的长津湖, 你们冒着严寒冰冻的恶劣天气, 顶着敌军飞机坦克的隆隆炮火, 发扬了坚韧不拔的战斗意志与英勇无畏的革命精神, 血战二十八个昼夜, 歼灭包括美军王牌部队 "北极熊团" 在内的一万三千九百余人, 涌现出了无数像杨根思那样舍生取义的战斗英雄, 收复了众多军事重镇, 取得了抗美援朝第二次战役的巨大胜利, 谱写了近代战争史上一部坚韧和勇气的伟大史诗。

英勇的志愿军烈士们! 敌人对你们无比畏惧, 祖国和人民为你们无比骄傲自豪, 八一军旗因你们而光辉灿烂!

青山埋忠骨, 史册载功勋。

革命先烈, 浩气长存, 永垂不朽!

长津湖畔志愿军烈士陵园情况简介

长津湖烈士陵园位于长津湖畔, 安葬的是 1950 年 11 月 27 日至 12 月 24 日, 第二次战役东线长津湖之战牺牲的烈士, 有合葬墓 13 座, 共计 5667 名烈士长眠于此。长津湖之战历时 28 昼夜, 歼敌 13900 余人。志愿军第 20 军 58 师 172 团 3 连连长杨根思, 在长津湖之战下碣隅里战斗中, 在子弹打光时候, 抱起炸药包, 冲入敌群, 与敌同归于尽。荣立特等功，获特级战斗英雄称号，并获"朝鲜民主主义人民共和国英雄"称号。长津郡建有杨根思烈士纪念碑，杨根思墓后移至沈阳抗美援朝烈士陵园。

《融进三千里江山的英魂》电视纪录片
职员表

总顾问：**邢运明**

总监制：**辛旗　李秀宝　季桂金**

总策划：**郑剑　陈祖明**

监制：**徐海鹰　石永奇　郑雷　宿保平**

策划：**鲍立衔　王敏　邓文庆　张星**

总编导：**刘岳**

总摄像：**赵阳**

编导：**刘阳　任海　璐尘**

摄像：**白冰　蔡开发　谢海滨　韩勇**

助理编导：**解芳　隗荣**

剪辑：**闫欣雨**

编辑：**李一楠　张楠**

解说：**李易**

协调：**张星　李春**

翻译：**李春　唐燕　刘富伟　高卉　穆德猛**

制片：**蔡开发　璐尘**

制片人：**王敏**

出品人：**鲍立衔**

图书在版编目(ＣＩＰ)数据

融进三千里江山的英魂 / 中华文化发展促进会编. — 北京 : 华艺
出版社, 2013.11

ISBN 978-7-80252-454-5

Ⅰ. ①融… Ⅱ. ①中… Ⅲ. ①革命回忆录—作品集—中国—当代
Ⅳ. ①I251

中国版本图书馆 CIP 数据核字(2013)第 265965 号

融进三千里江山的英魂

出 版 人：石永奇
编　　者：中华文化发展促进会
责任编辑：郑治清　郑　实
装帧设计：姚　洁
出版发行：华艺出版社
社　　址：北京市海淀区北四环中路 229 号海泰大厦 10 层
电　　话：010-82885151
邮　　编：100083
电子信箱：huayip@vip.sina.com
网　　站：www.huayicbs.com
印　　刷：三河市双峰印刷装订有限公司
开　　本：787×1092　1/16
字　　数：100 千字
印　　张：14.5
版　　次：2013 年 11 月北京第 1 版第 1 次印刷
书　　号：ISBN 978-7-80252-454-5
定　　价：32.00 元